ぐんぐん実力が上がる

實力
日本語I

東吳日文共同教材編輯小組 編著

召集人 羅濟立

前言

　　本教材乃依據「CEFR（The Common European Framework of Reference for Language 之簡稱）」之學用合一外語教學觀所設計的基礎日語，以生活化、實用化、數位化之理念撰寫，每課規劃了「学習目標」、「聞いてみよう」、「会話」、「本文」、「活動」、「練習問題」等六大項目，引導學生逐步熟悉該課的語言表達與運用，達到該課的學習目標。

　　本教材重視培養聽、説、讀、寫、譯及綜合運用的日語能力，教師可以藉由每課頁首的「学習目標」、「聞いてみよう」引導學生進入該課的情境，「学習目標」揭示了該課的學習重點及將達成的能力目標；「聞いてみよう」呈現最生活化、最自然的日語對話，先讓同學們透過插畫場景，進入聽日語的世界，培養在情境中聽解日語的能力，同時引導熟悉語音，啟發學習日語的動機。「会話一」和「会話二」安排透過各種情境的對話，學習該課重點的新單字與句型表達，讓學生自然學會基本的日語表達方式；「本文」則藉由短文，培養閱讀能力、習得正確文法的基礎寫作技巧。「活動」是以完成課題的模式，在實作中讓同學透過互動、呈現學習成果。「文型」匯集了該課重點句型表達，從例句中同學可歸納出使用的原則，亦安排與該課相關基礎文法資訊，方便學習；「練習問題」提供多元的練習實踐題目，並附解答參考，學生透過課後作業練習，可立即複習該課的重點，並自我檢核吸收的程度。本教材安排在各主題下，嘗試納入多樣的引導學習項目，這絕對是一本能讓教師快速且輕鬆引導莘莘學子學會使用日語的好教材。

學生也可以利用本教材進行自主學習，在掃描書封的 QR Code 下載音檔後，依照順序聆聽音檔，透過親近語音，進入各種情境。每課各學習項目下安排了「新しい表現」、「文型」、「補足」等，能協助學生掌握精華重點，並加強對字詞句的認識與運用。而每課提供的「活動」和「練習問題」包含各種層次的實作模式以及測驗題型，學生可學得更靈活、更深、更廣，同時自我驗收學習成果，不熟練處反覆學習，即可達到本課的學習目標，激發學習興趣。如此豐富的內容，能幫助學生循序進入日語世界，養成基礎階段所必須具備的日語文能力。

　　本教材經過 28 次會議之討論，精雕細琢下得以出版。作者群除了我本人之外，包括陳淑娟老師、劉怡伶老師、陳冠霖老師、山本卓司老師、張政傑老師、廖育卿老師、田中綾子老師等東吳大學日文系之專兼任教師，都是日語教育之專家，在研究或教學上都有相關卓越的表現。特別要感謝陳淑娟老師和劉怡伶老師從中運籌帷幄、穿針引線，讓本教材之編輯作業更加順利。也要感謝謝寶慢助教的行政協助，瑞蘭國際出版的統籌，仰賴各方合作下敦促本教材的誕生，在此一併致謝。

東吳大學日本語文學系教授兼任系主任

本書的使用方法│

《實力日本語I》以現代大學生的
生活為主軸，設計10個主題單元，
包括日常生活中各種與日本人互動的
接觸場景，活潑輕鬆且實用，從中可
學會詞彙、句型的運用。除了培養基
礎的聽、說、讀、寫、譯、綜合能力
之外，也培養理解日本文化、社會，
以及跨文化溝通技巧與實際運用之能
力。

「**學習目標**」每課最前面的「學
習目標」，教師與學生可從此先
確認學完本課將具備什麼能力，
提示學習重點一目瞭然。

「**聞いてみよう**」暖身練習。
透過插畫情境，聽取最自然、
最生活的對話，體驗身處語境
中，不用在意當中詞彙、文法，
能抓住大意即可喔！附錄中有
全文，學完一課後，若有時間
也可以模仿演練對話。

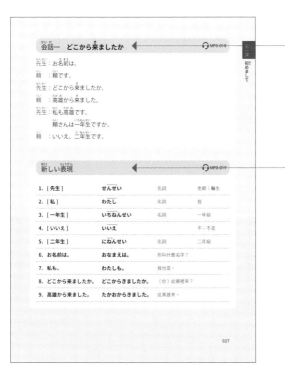

會話一 どこから来ましたか　🎧MP3-018

先生：お名前は。
頼　：頼です。
先生：どこから来ましたか。
頼　：高雄から来ました。
先生：私も高雄です。
　　　頼さんは一年生ですか。
頼　：いいえ。二年生です。

新しい表現　🎧MP3-019

1.	[先生]	せんせい	名詞	老師；醫生
2.	[私]	わたし	名詞	我
3.	[一年生]	いちねんせい	名詞	一年級
4.	[いいえ]	いいえ		不；不是
5.	[二年生]	にねんせい	名詞	二年級
6.	お名前は。	おなまえは。		你叫什麼名字？
7.	私も。	わたしも。		我也是。
8.	どこから来ましたか。	どこからきましたか。		（你）從哪裡來？
9.	高雄から来ました。	たかおからきました。		從高雄來。

027

「**会話**」透過每課的學習主題，學習該情境的實用會話，透過對話句，了解該課學習重點。

「**新しい表現**」列舉會話中的生詞、片語或詞句，加強印象。單字的表記以「筑波ウェブコーパス（https://tsukubawebcorpus.jp//）」為基準；文法術語統一呈現，教師可適當加以補充。

「**アクセント**」以「OJAD（http://www.gavo.t.u-tokyo.ac.jp/ojad/）」及《新明解辭典》為基準。

「花蓮」、「莊」、「魯肉飯」等臺灣本土的地名、姓氏、食物的發音等，已經融入日本社會者，採漢字音讀的原則，其餘尊重母語文化，直接使用臺灣本地發音。

▶ 本文　自己紹介　🎧MP3-022

　初めまして、私は高です。台湾人です。１９歳です。一年生ではありません。二年生です。
　これから、どうぞよろしくお願いします。

▶ 新しい表現　🎧MP3-023

1.	[自己紹介]	じこしょうかい	名詞	自我介紹
2.	[台湾人]	たいわんじん	名詞	臺灣人
3.	[19 歳]	じゅうきゅうさい	名詞	19 歲
4.	[これから]	これから これから		今後
5.	初めまして。	はじめまして。		初次見面。
6.	どうぞよろしく。			請多多指教。
7.	お願いします。	おねがいします。		請；麻煩了。

「**本文**」熟悉日語的「書き言葉（書面語）」，增強閱讀和寫作能力。

本書的使用方法

> 「**活動**」實作型完成課題的學習項目，可加深加廣學習內容，學以致用，來試一試自己的實力吧！

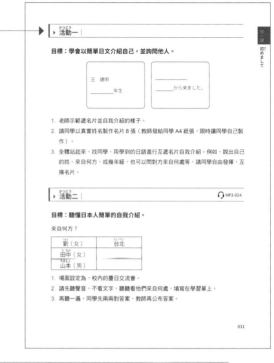

▶ **活動一**

目標：學會以簡單日文介紹自己，並詢問他人。

王　建明		から来ました。
年生		

1. 老師示範遞名片並自我介紹的樣子。
2. 請同學以真實姓名製作名片 8 張（教師發給同學 A4 紙張，限時讓同學自己製作）。
3. 全體站起來，找同學，用學到的日語進行互遞名片自我介紹。例如，說出自己的姓、來自何方，或幾年級，也可以問對方來自何處等，請同學自由發揮，互換名片。

▶ **活動二**　🎧 MP3-024

目標：聽懂日本人簡單的自我介紹。

來自何方？

劉（女）	台北
田中（女）	
山本（男）	

1. 場面設定為，校內的臺日交流會。
2. 請先聽聲音，不看文字，聽聽看他們來自何處，填寫在學習單上。
3. 再聽一遍，同學先兩兩對答案，教師再公布答案。

031

劉　：こんにちは。劉です。どうぞよろしく。
田中：こんにちは。
劉　：すみません。お名前は？
田中：田中です。
山本：私は山本です。
劉　：えーと、田中さんはどこから来ましたか。
田中：日本です。日本の東京です。
劉　：そうですか。山本さんは？
山本：私も東京から来ました。
劉　：そうですか。私は台北です。

▶ □ **補足**　🎧 MP3-025

1. [田中]	たなか	名詞	田中（姓氏）
2. [山本]	やまもと	名詞	山本（姓氏）
3. [日本]	にほん	名詞	日本
4. [東京]	とうきょう	名詞	東京
5. [台北]	たいぺい たいぺい	名詞	臺北
6. こんにちは。			你好！
7. そうですか。			是這樣喔！
8. 山本さんは？	やまもとさんは？		山本先生（小組）呢？

032

> 「**補足**」補充單字、語彙或文法。本教材特色是囊括了基本語彙或文法概念，多認識常見的語彙和文法，如虎添翼！

> 「**文型**」透過例句等，歸納使用原則，掌握重要的文法觀念，打好日語基礎能力。

▶ **文型**　🎧 MP3-026

▶ 1. 私は学生です。
　　林さんは先生です。

▶ 2. 私は日本人ではありません。
　　田中さんは台湾人ではありません。

▶ 3. 陳さんは学生ですか。
　　はい、私は学生です。

▶ 4. 陳さんは一年生ですか。
　　いいえ、私は一年生ではありません。

▶ 5. 私は二年生です。
　　林さんも二年生です。

▶ 6.

A：これは何ですか。
B：それは雑誌です。

「**練習問題**」透過複習，
鍛鍊自己的實力，自我
檢查學習成果。

「**付録**」有詞語的補充、「**聞いてみよう**」
的文字化全文，以及「**練習問題**」的解
答，學習時有參考的依據。

練習問題

一、請依例句選出下線單字的正確讀音

例（　①　）私は王です。どうぞよろしくお願いします。
　　　①おう　　②こう　　③そう　　④とう

1. （　　）すみません。お名前は。
　　　①みなえ　　②はじめ　　③みやげ　　④なまえ

2. （　　）日本の東京です。
　　　①きょうみ　　②とうきょう　　③きょうと　　④とうけい

3. （　　）どこから来ましたか。
　　　①け　　②か　　③き　　④こ

4. （　　）私は二年生です。
　　　①にいねんせ　　　　②にねせい
　　　③にいねんせい　　　④にねんせい

5. （　　）私は19歳です。
　　　①じゅうくうさい　　　　②じゅうきゅうさい
　　　③じゅきゅうさい　　　　④じゅきゆさい

036

1.指示表現

これ	それ	あれ	どれ
この	その	あの	どの
ここ	そこ	あそこ	どこ
こちら	そちら	あちら	どちら
このような	そのような	あのような	どのような
こんな	そんな	あんな	どんな

2.体の部位

214

「聞いてみよう」スクリプト

第一課　初めまして

1.（教室で）
先生：陳さん。
学生：はい。
先生：林さん。
学生：はい。

2.（教室で）
先生：王さん。
先生：……
先生：王さん。
学生：先生、王さんはいません。
先生：そうですか。

3.（税関で）
税関職員：これは何ですか。
観光客　：お茶です。台湾のお茶です。
税関職員：そうですか。

4.（店で）
客　：すみません。あれは何ですか。
店員：あれですか？　あれはイヤホンです。
客　：えっ？　イヤホン？

第二課　私の部屋

1.（中古CDの売り場で）
客　：このCDは何のCDですか。
店員：演歌のCDです。
客　：じゃ、あのCDは？
店員：ああ、あれはJ-POPのCDです。

2.（帰り道）
学生A：荘さんはJ-POPが好きですか。
学生B：はい、大好きです。佐藤さんは？
学生A：私も好きです。J-POPはメロディー
　　　　がかっこいいですね。
学生B：そうですね。

3.（部屋を見て）
友達A：広いですね。
友達B：そうですか？
友達A：J-POPのCDが多いですね。
友達B：ええ、大好きですから。

4.（ゲームショップで）
客A：村田さんはどのゲームが好きですか。
客B：あのスポーツゲームが好きです。張
　　　さんは？

202

「練習問題」解答

第一課　初めまして

一、請依例句選出下線單字的正確讀音
1.④ 2.② 3.③ 4.④ 5.②

二、請依提示完成下列的對話句
（第1、2題無固定答案）
1.一年生です。
2.東京から来ました。
3.いいえ、田中先生は台湾人ではありませ
　ん。日本人です。
4.いいえ、軸先生は日本人ではありませ
　ん。台湾人です。

三、請依提示看圖回答
1.はい、それは石です。
2.これはお茶です。
3.あれは雑誌です。
4.これがお茶です。

四、中翻日
1.田中さんは日本から来ました。
2.賴さんは高雄から来ました。
3.私は林です。どうぞ、よろしくお願いし
　ます。
4.私は日本人ではありません。私は台湾人
　です。

五、請依例句在空格處填入適當的助詞
1.も 2.は 3.は、は 4.は

第二課　私の部屋

一、選出標註底線單字的正確讀音
1.③ 2.① 3.④ 4.② 5.①

**二、從「この、その、あの」中選擇一個意
思適當的答案以完成句子**
1.その 2.この 3.あの

三、請依例句・完成配合題
1.e 2.d 3.f 4.c 5.b

四、重組
1.田中さんの部屋は広いです。
2.あの椅子はいくらですか。
3.演歌のCDは1000円です。
4.私の部屋の窓は大きいです。

五、中翻日
1.これは私の机です。
2.陳さんは私のルームメイトです。
3.田中先生は私の先生です。
4.君の机は大きいです。

208

目次 |

MEMO

仮名と発音

<ruby>仮名<rt>かな</rt></ruby>と<ruby>発音<rt>はつおん</rt></ruby>

🎧 MP3-001

清音
せいおん

あ安	い以	う宇	え衣	お於
か加	き幾	く久	け計	こ己
さ左	し之	す寸	せ世	そ曽
た太	ち知	つ川	て天	と止
な奈	に仁	ぬ奴	ね祢	の乃
は波	ひ比	ふ不	へ部	ほ保
ま末	み美	む武	め女	も毛
や也		ゆ由		よ与
ら良	り利	る留	れ礼	ろ呂
わ和				を袁
ん无				

濁音・半濁音　　　拗音

だくおん　はんだくおん　　ようおん

が	ぎ	ぐ	げ	ご	きゃ	きゅ	きょ	ぎゃ	ぎゅ	ぎょ
ざ	じ	ず	ぜ	ぞ	しゃ	しゅ	しょ	じゃ	じゅ	じょ
だ	ぢ	づ	で	ど	ちゃ	ちゅ	ちょ	ぢゃ	ぢゅ	ぢょ
					にゃ	にゅ	にょ			
ば	び	ぶ	べ	ぼ	ひゃ	ひゅ	ひょ	びゃ	びゅ	びょ
ぱ	ぴ	ぷ	ぺ	ぽ	ぴゃ	ぴゅ	ぴょ			
					みゃ	みゅ	みょ			
					りゃ	りゅ	りょ			

MP3-003

清音

ア 阿	イ 伊	ウ 宇	エ 江	オ 於
カ 加	キ 幾	ク 久	ケ 介	コ 己
サ 散	シ 之	ス 須	セ 世	ソ 曽
タ 多	チ 千	ツ 川	テ 天	ト 止
ナ 奈	ニ 二	ヌ 奴	ネ 祢	ノ 乃
ハ 八	ヒ 比	フ 不	ヘ 部	ホ 保
マ 末	ミ 三	ム 牟	メ 女	モ 毛
ヤ 也		ユ 由		ヨ 与
ラ 良	リ 利	ル 流	レ 礼	ロ 呂
ワ 和				ヲ 乎
ン 尓				

濁音・半濁音 （だくおん・はんだくおん） 拗音 （ようおん）

ガ	ギ	グ	ゲ	ゴ	キャ	キュ	キョ	ギャ	ギュ	ギョ
ザ	ジ	ズ	ゼ	ゾ	シャ	シュ	ショ	ジャ	ジュ	ジョ
ダ	ヂ	ヅ	デ	ド	チャ	チュ	チョ	ヂャ	ヂュ	ヂョ
					ニャ	ニュ	ニョ			
バ	ビ	ブ	ベ	ボ	ヒャ	ヒュ	ヒョ	ビャ	ビュ	ビョ
パ	ピ	プ	ペ	ポ	ピャ	ピュ	ピョ			
					ミャ	ミュ	ミョ			
					リャ	リュ	リョ			

1. 清音 （1）
せいおん

あ (a)	**い** (i)	**う** (u)	**え** (e)	**お** (o)
あめ 雨	いし 石頭	うま 馬	えき 車站	おに 鬼

か (ka)	**き** (ki)	**く** (ku)	**け** (ke)	**こ** (ko)
いか 烏賊	かき 柿子	くさ 草	たけ 竹子	たこ 章魚

さ (sa)	**し** (shi)	**す** (su)	**せ** (se)	**そ** (so)
さけ 酒	うし 牛	いす 椅子	あせ 汗	そら 天空

た (ta)	**ち** (chi)	**つ** (tsu)	**て** (te)	**と** (to)
した 下面	くち 嘴巴	つる 鶴	てつ 鐵	はと 鴿子

な (na)	**に** (ni)	**ぬ** (nu)	**ね** (ne)	**の** (no)
さかな 魚	にく 肉	いぬ 狗	ねこ 貓	きのこ 菇

は (hα)
はし 橋

ひ (hi)
ひと 人

ふ (fu)
ふね 船

へ (he)
へや 房間

ほ (ho)
ほし 星星

ま (ma)
あたま 頭

み (mi)
あみ 網

む (mu)
むし 蟲

め (me)
かもめ 海鷗

も (mo)
もち 麻糬

や (ya)
やま 山

ゆ (yu)
ゆき 雪

よ (yo)
こよみ 日暦

ら (ra)
とら 虎

り (ri)
とり 鳥

る (ru)
さる 猴

れ (re)
すみれ 紫羅蘭

ろ (ro)
おふろ 浴池

わ (wa)
かわ 河川

を (o)
えをかく 畫圖

ん (n)

さんま 秋刀魚

3. 濁音・半濁音
だくおん　はんだくおん

が (ga)

がか 畫家

ぎ (gi)

ぎんが 銀河

ぐ (gu)

ぐんたい 軍隊

げ (ge)

げた 木屐

ご (go)

ごえん 五日圓

ざ (za)

ひざ 膝蓋

じ (ji)

ひつじ 羊

ず (zu)

ねずみ 鼠

ぜ (ze)

かぜ 風

ぞ (zo)

れいぞうこ 冰箱

だ (da)

からだ 身體

ぢ (ji)

はなぢ 鼻血

づ (zu)

こづつみ 小包

で (de)

でんわ 電話

ど (do)

まど 窗戶

ば (ba)

たばこ 香菸

び (bi)

へび 蛇

ぶ (bu)

ぶた 豬

べ (be)

べんとう 便當

ぼ (bo)

ぼうし 帽子

ぱ (pa)

かんぱい 乾杯

ぴ (pi)

えんぴつ 鉛筆

ぷ (pu)

てんぷら 炸蝦

ぺ (pe)

ぺこぺこ 肚子很餓

ぽ (po)

さんぽ 散步

4. 撥音 _{はつおん} 🎧 MP3-008

きんぱつ 金髪　　　ねんど 黏土　　　こんにゃく 蒟蒻

りんご 蘋果　　　おんせん 温泉

汚染 汙染 ⇔ 温泉 溫泉　　　今朝 今晨 ⇔ 検査 檢查　　　露天 露天 ⇔ 論点 論點

5. 促音 _{そくおん} 🎧 MP3-009

がっき 樂器　　　かっさい 喝采　　　きって 郵票

きっぷ 車票　　　ベッド 床

意見 意見 ⇔ 一軒 一棟　　　一一 ⇔ 一致 一致　　　火災 火災 ⇔ 喝采 喝采

6. 長音 _{ちょうおん} 🎧 MP3-010

おばあさん 奶奶　　　おじいさん 爺爺　　　くうき 空氣

けいたい 手機　　　こうえん 公園

叔父さん 叔伯 ⇔ お爺さん 爺爺　　　鯉 鯉魚 ⇔ 校医 校醫　　　時計 手錶 ⇔ 統計 統計

きゃ (kya)	きゅ (kyu)	きょ (kyo)
ぎゃ (gya)	ぎゅ (gyu)	ぎょ (gyo)
しゃ (sha)	しゅ (shu)	しょ (sho)
じゃ (zya,ja)	じゅ (zyu,ju)	じょ (zyo,jo)
ちゃ (cha)	ちゅ (chu)	ちょ (cho)
にゃ (nya)	にゅ (nyu)	にょ (nyo)
ひゃ (hya)	ひゅ (hyu)	ひょ (hyo)
びゃ (bya)	びゅ (byu)	びょ (byo)
ぴゃ (pya)	ぴゅ (pyu)	ぴょ (pyo)
みゃ (mya)	みゅ (myu)	みょ (myo)
りゃ (rya)	りゅ (ryu)	りょ (ryo)

ちきゅう 地球

ぎゅうにゅう 牛奶

きんぎょ 金魚

でんしゃ 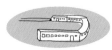 電車

としょかん 圖書館

しょうじょ 少女

あかちゃん 嬰兒

ひゃくえん 一百日圓

はっぴゃく 八百

びょうき 生病

四、外来語（カタカナ語）

カラオケ	マスク	コアラ	タクシー	ヘルメット
卡拉 OK	口罩	無尾熊	計程車	安全帽

ギター	ゼリー	バイク	パンダ	ペンギン
吉他	果凍	機車	熊貓	企鵝

キャベツ	コンピュータ	スマートフォン	パーティー	ジェスチャー
高麗菜	電腦	智慧型手機	聚會	手勢

五、アクセント

平板型

いすです	わたしです	がくせいです

起伏型

はるです	たまごです	おとうとです

0	れい、ぜろ	100	ひゃく
1	いち	200	にひゃく
2	に	300	さんびゃく
3	さん	400	よんひゃく
4	し、よん	500	ごひゃく
5	ご	600	ろっぴゃく
6	ろく	700	ななひゃく
7	しち、なな	800	はっぴゃく
8	はち	900	きゅうひゃく
9	く、きゅう	1000	せん
10	じゅう	2000	にせん
11	じゅういち	3000	さんぜん
12	じゅうに	4000	よんせん
13	じゅうさん	5000	ごせん
14	じゅうし、 じゅうよん	6000	ろくせん
15	じゅうご	7000	ななせん
16	じゅうろく	8000	はっせん
17	じゅうしち、 じゅうなな	9000	きゅうせん
18	じゅうはち	10,000	いちまん
19	じゅうく、 じゅうきゅう	100,000	じゅうまん

20	にじゅう	1,000,000	ひゃくまん
30	さんじゅう	10,000,000	いっせんまん
40	よんじゅう	100,000,000	いちおく
50	ごじゅう	6,870	ろくせんはっぴゃくななじゅう
60	ろくじゅう	51,000	ごまんいっせん
70	ななじゅう	203,000	にじゅうまんさんぜん
80	はちじゅう		
90	きゅうじゅう		

七、挨拶言葉

あいさつことば

1. おはようございます。 早安！

2. こんにちは。 午安！您好！

3. こんばんは。 晩安！

4. おやすみなさい。 晩安！（睡覺前）

5. さようなら。 再見！

6. すみません。 對不起！

7. ありがとうございます。 謝謝！

8. どういたしまして。 不客氣！

八、教室用語

きょうしつようご

1. 授業をはじめましょう。 開始上課囉！
   じゅぎょう

2. 今日はここまで。 今天就上到這裡。
   きょう

3. ちょっと休みましょう。 來休息一下囉！
   やす

4. 分かりましたか。 懂了嗎？
   わ

5. はい、分かりました。 是的，了解了。
   わ

6. もう一度お願いします。 請再說一次。
   いちど　　ねが

7. 読んでください。 請念一下！
   よ

8. 聞いてください。 請聽一下！
   き

9. 言ってください。 請說一下！
   い

第一課
だいいっか

初めまして
はじ

1. 能自我介紹並說明來自何方。
2. 能詢問他人姓名,以及來自何處。
3. 能詢問某物品是何物。
4. 能聽懂日語數字並表達自己的年齡。

1. 教室で

2. 教室で

3. 税関で

4. 店で

会話一　どこから来ましたか　🎧 MP3-018

先生：お名前は。

頼　：頼です。

先生：どこから来ましたか。

頼　：高雄から来ました。

先生：私も高雄です。

　　　頼さんは一年生ですか。

頼　：いいえ。二年生です。

新しい表現　🎧 MP3-019

1. [先生]	せんせい	名詞	老師；醫生
2. [私]	わたし	名詞	我
3. [一年生]	いちねんせい	名詞	一年級
4. [いいえ]	いいえ		不；不是
5. [二年生]	にねんせい	名詞	二年級
6. お名前は。	おなまえは。		你叫什麼名字？
7. 私も。	わたしも。		我也是。
8. どこから来ましたか。	どこからきましたか。		（你）從哪裡來？
9. 高雄から来ました。	たかおからきました。		從高雄來。

客　　：すみません。それは何ですか。

店員：どれですか。

客　　：それです。

店員：これは石です。

客　　：へえ、石ですか。

新しい表現　　　　🎧 MP3-021

1.	[客]	きゃく	名詞	客人
2.	[それ]	それ	名詞	那個；那
3.	[店員]	てんいん	名詞	店員
4.	[どれ]	どれ	名詞	哪個

5. ［これ］	これ	名詞	這個；這
6. ［石］	いし	名詞	石頭
7. すみません。			不好意思；請問一下。
8. 何ですか。	なんですか。		是什麼呢？

初めまして、私は高です。台湾人です。１９歳です。一年生ではありません。二年生です。

　　これから、どうぞよろしくお願いします。

▶ **新しい表現**　　　　　　　　　　　🎧 MP3-023

1.	[自己紹介]	じこしょうかい	名詞	自我介紹
2.	[台湾人]	たいわんじん	名詞	臺灣人
3.	[19歳]	じゅうきゅうさい	名詞	19歳
4.	[これから]	これから これから		今後
5.	初めまして。	はじめまして。		初次見面。
6.	どうぞよろしく。			請多多指教。
7.	お願いします。	おねがいします。		請；麻煩了。

▶ 活動一

目標：學會以簡單日文介紹自己，並詢問他人。

王　建明

＿＿＿＿＿年生

＿＿＿＿＿

＿＿＿＿＿から来ました。

1. 老師示範遞名片並自我介紹的樣子。

2. 請同學以真實姓名製作名片 8 張（教師發給同學 A4 紙張，限時讓同學自己製作）。

3. 全體站起來，找同學，用學到的日語進行互遞名片自我介紹。例如，說出自己的姓、來自何方，或幾年級，也可以問對方來自何處等，請同學自由發揮，互換名片。

▶ 活動二　🎧 MP3-024

目標：聽懂日本人簡單的自我介紹。

來自何方？

劉（女）	台北
田中（女）	
山本（男）	

1. 場面設定為，校內的臺日交流會。

2. 請先聽聲音，不看文字，聽聽看他們來自何處，填寫在學習單上。

3. 再聽一遍，同學先兩兩對答案，教師再公布答案。

劉　：こんにちは。劉です。どうぞよろしく。

田中：こんにちは。

劉　：すみません。お名前は？

田中：田中です。

山本：私は山本です。

劉　：えーと、田中さんはどこから来ましたか。

田中：日本です。日本の東京です。

劉　：そうですか。山本さんは？

山本：私も東京から来ました。

劉　：そうですか。私は台北です。

📋 補足　　　　　　　　　　　　　　　　　　　🎧 MP3-025

1. [田中]	たなか	名詞	田中（姓氏）
2. [山本]	やまもと	名詞	山本（姓氏）
3. [日本]	にほん	名詞	日本
4. [東京]	とうきょう	名詞	東京
5. [台北]	たいぺい / たいぺい	名詞	臺北
6. こんにちは。			你好！
7. そうですか。			是這樣喔！
8. 山本さんは？	やまもとさんは？		山本先生（小姐）呢？

032

▶ 文型

🎧 MP3-026

▶1. 私は学生です。

　　林さんは先生です。

▶2. 私は日本人ではありません。

　　田中さんは台湾人ではありません。

▶3. 陳さんは学生ですか。

　　はい、私は学生です。

▶4. 陳さんは一年生ですか。

　　いいえ、私は一年生ではありません。

▶5. 私は二年生です。

　　林さんも二年生です。

▶6.

　　Ａ：これは何ですか。

　　Ｂ：それは雑誌です。

Ａ：それは何ですか。

Ｂ：これは本です。

▶7.

Ａ：これは何ですか。

Ｂ：これはイヤホンです。

Ａ：あれは何ですか。

Ｂ：あれは石です。

▶8.　Ａ：どれがお茶ですか。

　　　Ｂ：これがお茶です。

▶9.　私は台湾から来ました。

　　　田中さんは日本から来ました。

補足　MP3-027

これ	それ	あれ	どれ
1. [学生]	がくせい	名詞	學生
2. [雑誌]	ざっし	名詞	雜誌
3. [本]	ほん	名詞	書
4. [日本人]	にほんじん	名詞	日本人
5. [お茶]	おちゃ	名詞	茶葉；茶
6. [イヤホン]	イヤホン イヤホン	名詞	耳機
7. [台湾]	たいわん	名詞	臺灣

～歳	～年生
1歳（いっさい）	1年生（いちねんせい）
2歳（にさい）	2年生（にねんせい）
3歳（さんさい）	3年生（さんねんせい）
4歳（よんさい）	4年生（よねんせい）
5歳（ごさい）	5年生（ごねんせい）
6歳（ろくさい）	6年生（ろくねんせい）
7歳（ななさい）	
8歳（はっさい）	
9歳（きゅうさい）	
10歳（じゅっさい）	
20歳（はたち）	
何歳（なんさい）／幾つ（いく）	何年生（なんねんせい）

練習問題

<ruby>練習問題<rt>れんしゅうもんだい</rt></ruby>

一、請依例句選出下線單字的正確讀音

例 （ ① ） <ruby>私<rt>わたし</rt></ruby>は<u>王</u>です。どうぞよろしくお<ruby>願<rt>ねが</rt></ruby>いします。

①おう　　②こう　　③そう　　④とう

1. （　） すみません。お<u>名前</u>は。

①みなえ　　②はじめ　　③みやげ　　④なまえ

2. （　） <ruby>日本<rt>にほん</rt></ruby>の<u>東京</u>です。

①きょうみ　　②とうきょう　　③きょうと　　④とうけい

3. （　） どこから<u>来</u>ましたか。

①け　　②か　　③き　　④こ

4. （　） <ruby>私<rt>わたし</rt></ruby>は<u>二年生</u>です。

①にいねんせ　　②にねせい
③にいねんせい　　④にねんせい

5. （　） <ruby>私<rt>わたし</rt></ruby>は <u>19 歳</u>です。

①じゅうこうさい　　②じゅうきゅうさい
③じゅきゅうさい　　④じゅきゅさい

二、請依提示完成下列的對話句

例 山本：はじめまして、山本です。どうぞよろしく。

高：⇒ <u>はじめまして、高です。よろしくお願いします。</u>

1. 田中：～さんは何年生ですか。（請按自己實際狀況作答）

   ⇒ ＿＿＿＿＿＿＿＿＿＿＿＿＿＿＿＿＿＿＿＿＿＿＿＿＿＿＿＿＿

2. 山本：～さんはどこから来ましたか。（請按自己實際狀況作答）

   ⇒ ＿＿＿＿＿＿＿＿＿＿＿＿＿＿＿＿＿＿＿＿＿＿＿＿＿＿＿＿＿

3. 田中先生は台湾人ですか。

   ⇒ ＿＿＿＿＿＿＿＿＿＿＿＿＿＿＿＿＿＿＿＿＿＿＿＿＿＿＿＿＿

4. 頼先生は日本人ですか。

   ⇒ ＿＿＿＿＿＿＿＿＿＿＿＿＿＿＿＿＿＿＿＿＿＿＿＿＿＿＿＿＿

三、請依提示看圖回答

例 A：これはイヤホン／テーブルですか。

　　B：⇒ <u>はい、それはイヤホン／テーブルです。</u>

1. A：これは石_{いし}ですか。

　　B：⇒ _____

2. A：それは何_{なん}ですか。

　　B：⇒ _____

3. Ａ：あれは何^{なん}ですか。

    Ｂ：⇒ _____

4. Ａ：どれがお茶^{ちゃ}ですか。

    Ｂ：⇒ _____

四、中翻日

1. 田中同學從日本來。

    ⇒ _____

2. 賴同學也從高雄來。

    ⇒ _____

3. 我姓林，請多多指教。

    ⇒ _____

4. 我不是日本人，我是臺灣人。

⇒ _____

五、請依例句在空格處填入適當的助詞

例 先生は東京（から）来ました。

1. 私は一年生です。高さん（　　）一年生です。

2. 田中先生（　　）台湾人ではありません。

3. 私（　　）大学生です。妹（　　）高校生です。

4. A：これは何ですか。

B：それ（　　）時計です。

📓 補足　　　　　　　　　　　　　　　　　　　　　　🎧 MP3-028

1. ［テーブル］	テーブル	名詞	桌子
2. ［妹］	いもうと	名詞	妹妹
3. ［大学生］	だいがくせい	名詞	大學生
4. ［高校生］	こうこうせい	名詞	高中生
5. ［時計］	とけい	名詞	鐘；錶

第二課
だいにか

わたし
私の部屋
へ や

がくしゅうもくひょう
学習目標

1. 能表達自己喜歡的活動，並詢問他人。
2. 能向朋友介紹自己的房間。
3. 能詢問商品價格，並以日語說出價格。

1. 中古ＣＤの売り場で

2. 帰り道で

3. 部屋を見て

4. ゲームショップで

会話一　どんな部屋ですか

🎧 MP3-030

村田：何の写真ですか。

張　　：この写真ですか。私の部屋です。

村田：へえ、張さんの部屋はきれいですね。

張　　：ありがとうございます。それに広いですよ。

　　　　じゃ、村田さんの部屋はどうですか。

村田：私の部屋は狭いです。

　　　　でも明るいです。窓が大きいです。

張　　：ああ、いいですね！

1. [村田]	むらた	名詞	村田（姓氏）
2. [写真]	しゃしん	名詞	照片
3. [部屋]	へや	名詞	房間
4. [きれい]	きれい	ナ形容詞	漂亮的
5. [それに]	それに	接続詞	而且
6. [広い]	ひろい	イ形容詞	寛廣的
7. [じゃ]	じゃ	接続詞	那麼
8. [狭い]	せまい	イ形容詞	狹窄的
9. [でも]	でも	接続詞	但是；可是
10. [明るい]	あかるい あかるい	イ形容詞	明亮的
11. [窓]	まど	名詞	窗戶
12. [大きい]	おおきい	イ形容詞	大的
13. [いい]	いい	イ形容詞	好的
14. ありがとうございます。			謝謝！
15. どうですか。			怎麼樣呢？
16. いいですね。			真不錯！

会話二　いくらですか

🎧 MP3-032

山下：すみません、この CD はいくらですか。

店員：1枚 100 円です。

山下：じゃ、あの J-POP の CD は？

店員：あの CD は 500 円です。

山下：ちょっと高いですね。

店員：じゃ、その K-POP の CD はどうですか。 450 円ですよ。

山下：いいですね。じゃ、それをください。

1.	[山下]	やました	名詞	山下（姓氏）
2.	[この]	この	連体詞	這個
3.	[その]	その	連体詞	那個
4.	[あの]	あの	連体詞	那個
5.	[CD]	シーディー	名詞	CD
6.	[いくら]	いくら	名詞	多少錢
7.	[1 枚]	いちまい	名詞	1 張
8.	[100 円]	ひゃくえん	名詞	100 日圓
9.	[500 円]	ごひゃくえん	名詞	500 日圓
10.	[450 円]	よんひゃく ごじゅうえん	名詞	450 日圓
11.	[J-POP]	ジェーポップ	名詞	日本流行音樂
12.	[K-POP]	ケーポップ	名詞	韓國流行音樂
13.	[ちょっと]	ちょっと	副詞	稍微
14.	[高い]	たかい	イ形容詞	貴的；高的
15.	それをください。			請給我那個。

▶ 本文 ｜ 私の寮

MP3-034

　これは寮の部屋の写真です。机は新しいです。椅子も新しいです。タンスは大きいです。

　寮は人が多いです。部屋は狭いです。ベッドは小さいです。でも、費用は安いです。

　この人は私のルームメイトです。とても親切です。私はこの寮が大好きです。

▶ 新しい表現

MP3-035

1. [寮]	りょう	名詞	宿舍
2. [机]	つくえ	名詞	桌子
3. [新しい]	あたらしい	イ形容詞	新的
4. [椅子]	いす	名詞	椅子
5. [タンス]	タンス	名詞	櫃子

6. [多い]	おおい おおい	イ形容詞	多的
7. [ベッド]	ベッド	名詞	床
8. [小さい]	ちいさい	イ形容詞	小的
9. [費用]	ひよう	名詞	費用
10. [安い]	やすい	イ形容詞	便宜的
11. [ルームメイト]	ルームメイト	名詞	室友
12. [とても]	とても	副詞	非常地
13. [親切]	しんせつ	ナ形容詞	親切的
14. [大好き]	だいすき	ナ形容詞	非常喜歡

▶ 活動一（かつどう）

目標：能使用日語的數字並詢問價格。

1. 在紙上面畫 5 種商品（日語商品名稱）及價格。
2. 兩人一組，一方扮演店員，另一方扮演顧客，練習詢問商品價格。

図 1	図 2	図 3	図 4	図 5
＿＿＿円	＿＿＿円	＿＿＿円	＿＿＿円	＿＿＿円

▶ 活動二（かつどう）

目標：能使用簡單的形容詞描述房間。

1. 在紙上面畫自己理想的房間。
2. 兩人一組互相詢問「どんな部屋（へや）ですか」，並看圖說明形容該房間。

▶ 1. これは私の写真です。

これは陳さんの雑誌です。

▶ 2. 私のベッドは小さいです。

陳さんのベッドは大きいです。

陳さんの写真はきれいです。

スポーツゲームは簡単です。

▶ 3. 私はゲームが好きです。

陳さんは J-POP が好きです。

私は刺身が嫌いです。

陳さんは牛乳が嫌いです。

▶ 4.

A：これは陳さんの写真ですか。

B：はい、これは私の写真です。

Ａ：この人（ひと）は誰（だれ）ですか。

Ｂ：この人（ひと）はルームメイトです。

▶ 5.

Ａ：これは陳（ちん）さんの本（ほん）ですか。

Ｂ：はい、それは私（わたし）の本（ほん）です。

Ａ：この本（ほん）は難（むずか）しいですか。

Ｂ：はい、その本（ほん）は難（むずか）しいです。

Ａ：どの本（ほん）が簡単（かんたん）ですか。

Ｂ：この本（ほん）が簡単（かんたん）です。

あの本（ほん）も簡単（かんたん）です。

この	その	あの	どの
1. [好き]	すき	ナ形容詞	喜歡的
2. [嫌い]	きらい	ナ形容詞	討厭的
3. [スポーツゲーム]	スポーツゲーム	名詞	運動遊戲
4. [簡単]	かんたん	ナ形容詞	簡單的
5. [牛乳]	ぎゅうにゅう	名詞	牛奶
6. [刺身]	さしみ	名詞	生魚片
7. [難しい]	むずかしい むずかしい	イ形容詞	難的

～円／元	～十円／元	～百円／元	～千円／元	～万円／元
いちえん げん 1 円／元	じゅうえん げん 10 円／元	ひゃくえん げん 100 円／元	せんえん げん 1000 円／元	いち まん えん げん 1 0000 円／元
に えん げん 2 円／元	にじゅう えん げん 20 円／元	にひゃく えん げん 200 円／元	に せん えん げん 2000 円／元	に まん えん げん 2 0000 円／元
さんえん げん 3 円／元	さんじゅう えん げん 3 0 円／元	さんびゃく えん げん 3 00 円／元	さん ぜん えん げん 3 000 円／元	さん まん えん げん 3 0000 円／元
よえん げん 4 円／元	よんじゅう えん げん 4 0 円／元	よんひゃく えん げん 4 00 円／元	よん せん えん げん 4 000 円／元	よん まん えん げん 4 0000 円／元
ご えん げん 5 円／元	ごじゅう えん げん 50 円／元	ごひゃく えん げん 5 00 円／元	ご せん えん げん 5000 円／元	ご まん えん げん 5 0000 円／元
ろくえん げん 6 円／元	ろくじゅう えん げん 6 0 円／元	ろっぴゃく えん げん 6 00 円／元	ろく せん えん げん 6 000 円／元	ろく まん えん げん 6 0000 円／元
ななえん げん 7 円／元	ななじゅう えん げん 7 0 円／元	ななひゃく えん げん 7 00 円／元	なな せん えん げん 7 000 円／元	なな まん えん げん 7 0000 円／元
はちえん げん 8 円／元	はちじゅう えん げん 8 0 円／元	はっぴゃく えん げん 8 00 円／元	はっ せん えん げん 8 000 円／元	はち まん えん げん 8 0000 円／元
きゅうえん げん 9 円／元	きゅうじゅう えん げん 9 0 円／元	きゅうひゃく えん げん 9 00 円／元	きゅう せん えん げん 9 000 円／元	きゅう まん えん げん 9 0000 円／元

いちまい 1枚	に まい 2枚	さんまい 3枚	よんまい 4枚	ご まい 5枚	
ろくまい 6枚	ななまい 7枚	はちまい 8枚	きゅうまい 9枚	じゅう まい 10枚	なんまい 何枚

練習問題
<small>れんしゅうもんだい</small>

一、選出標註底線單字的正確讀音

1. （　　　）何の<u>写真</u>ですか。
<small>なん</small>

　　　　①じゃあじん　　②じゃしん　　③しゃしん　　④しゃあしん

2. （　　　）誰の<u>部屋</u>ですか。
<small>だれ</small>

　　　　①へや　　　　　②べや　　　　　③ひや　　　　　④びや

3. （　　　）この CD は<u>高い</u>です。
<small>シーティー</small>

　　　　①がたい　　　　②かたい　　　　③だかい　　　　④たかい

4. （　　　）寮の椅子は<u>新しい</u>です。
<small>りょう　　い す</small>

　　　　①あだらしい　　②あたらしい　　③あらだしい　　④あらたしい

5. （　　　）<u>費用</u>はいくらですか。

　　　　①ひよう　　　　②びよう　　　　③しよう　　　　④ひよ

二、從「この、その、あの」中選擇一個最適當的答案以完成句子

1. A：＿＿＿＿＿DVD はいくらですか。
<small>ティーブイティー</small>

　　B：2000 円です。
<small>に せん　えん</small>

2. A：＿＿＿＿ＤＶＤ はいくらですか。

  B：1000 円です。

3. A：＿＿＿＿ＤＶＤ はいくらですか。

  B：3 000 円です。

三、請依例句，完成配合題

例 重い　（ a ）　a 軽い

1. 広い　（　）　b 少ない

2. 高い　（　）　c 暗い

3. 大きい（　）　d 安い

4. 明るい（　）　e 狭い

5. 多い　（　）　f 小さい

四、重組

1. 部屋は／田中さんの／広いです

  ⇒ ＿＿＿＿＿＿＿＿＿＿＿＿＿＿＿＿＿＿＿＿＿＿＿＿＿

2. いくらですか／椅子は／あの

  ⇒ ＿＿＿＿＿＿＿＿＿＿＿＿＿＿＿＿＿＿＿＿＿＿＿＿＿

3. 1000 円です／演歌の／ＣＤ は

  ⇒ ＿＿＿＿＿＿＿＿＿＿＿＿＿＿＿＿＿＿＿＿＿＿＿＿＿

4. 窓は／部屋の／大きいです／私の

⇒ _____

五、中翻日

1. 這是我的桌子。

⇒ _____

2. 陳同學是我的室友。

⇒ _____

3. 田中老師是我的老師。

⇒ _____

4. 宿舍的桌子很大。

⇒ _____

📓 補足　　　　　　　　　　　　　　🎧 MP3-038

1. [DVD]	ディーブイディー	名詞	DVD
2. [重い]	おもい	イ形容詞	重的
3. [軽い]	かるい	イ形容詞	輕的
4. [少ない]	すくない	イ形容詞	少的
5. [暗い]	くらい	イ形容詞	暗的
6. [演歌]	えんか	名詞	演歌
7. [スポーツ]	スポーツ	名詞	運動

MEMO

第三課
だいさん か

わたし
私のうち

学習目標
がくしゅうもくひょう

1. 能表達自己的家在哪裡，並詢問他人的家在哪裡。
2. 能介紹生活空間配置。
3. 能介紹自己的家人，並詢問對方的家人。

1. 教室_{きょうしつ}で

2. 授業_{じゅぎょう}で

3. 家族_{かぞく}の写真_{しゃしん}を見_みて

4. スマホの写真_{しゃしん}を見_みて

会話一　台湾の冬は暖かいですね　🎧 MP3-040

張　：佐藤さん、こんにちは。今日は寒いですね。

佐藤：そうですか。寒いですか。

張　：寒いですよ。実家は高雄にありますから。高雄は毎日、暑いです。

　　　佐藤さんのうちは、どこにありますか。

佐藤：実家は、北海道にあります。

　　　冬は寒いですよ。そして長いです。

　　　台湾の冬は暖かいですね。

新しい表現　🎧 MP3-041

1. [佐藤]	さとう	名詞	佐藤（姓氏）
2. [今日]	きょう	名詞	今天
3. [寒い]	さむい	イ形容詞	寒冷的

4. [実家]	じっか	名詞	老家
5. [ある]	ある	動詞	有
6. [毎日]	まいにち	名詞	毎天
7. [家]	うち	名詞	家
8. [暑い]	あつい	イ形容詞	天氣炎熱的
9. [北海道]	ほっかいどう	名詞	北海道
10. [冬]	ふゆ	名詞	冬天
11. [そして]	そして	接続詞	接著；然後
12. [長い]	ながい	イ形容詞	長的；久的
13. [暖かい]	あたたかい	イ形容詞	溫暖的
14. おうちはどこにありますか。		你家在哪裡呢？	

会話二　何人家族ですか

🎧 MP3-042

陳　：そのマフラー、素敵ですね。

山本：ありがとうございます。兄からのプレゼントです。

陳　：へえ、羨ましいです。

　　　山本さんは何人家族ですか。

山本：4人です。父と母と兄が1人います。

　　　父は会社員で、母は音楽の先生です。

兄はデザイナーです。

じゃ、陳さんのご家族は？

陳 ：3人家族です。父は画家です。母は銀行員です。

新しい表現

🎧 MP3-043

1. [マフラー]	マフラー	名詞	圍巾
2. [素敵]	すてき	ナ形容詞	漂亮好看的
3. [兄]	あに	名詞	兄長；哥哥
4. [プレゼント]	プレゼント	名詞	禮物
5. [羨ましい]	うらやましい	イ形容詞	羨慕的
6. [父]	ちち / ちち	名詞	父親；爸爸
7. [母]	はは	名詞	母親；媽媽
8. [会社員]	かいしゃいん	名詞	公司職員
9. [音楽]	おんがく	名詞	音樂
10. [先生]	せんせい	名詞	老師
11. [画家]	がか	名詞	畫家
12. [銀行員]	ぎんこういん	動詞	銀行職員
13. 何人家族ですか。	なんにんかぞくですか。		您家裡有幾個人呢？

私のうちは、板橋にあります。マンションの３階です。玄関の横にベランダがあります。ベランダは広いです。そこにテーブルと椅子があります。植物もあります。私はそこが大好きです。

私の部屋はリビングの横にあります。そこにアニメのグッズがたくさんあります。

平日の午後は、うちに誰もいません。家族はみんな忙しいです。

▶ **新しい表現** 🎧 MP3-045

1. [マンション]	マンション		名詞	大廈住宅
2. [〜階]	〜かい		助数詞	〜樓
3. [玄関]	げんかん		名詞	玄關
4. [ベランダ]	ベランダ		名詞	陽台
5. [テーブル]	テーブル		名詞	桌子
6. [植物]	しょくぶつ		名詞	植物
7. [リビング]	リビング		名詞	客廳
8. [横]	よこ		名詞	旁邊
9. [アニメ]	アニメ		名詞	動畫片
10. [グッズ]	グッズ / グッズ		名詞	商品

11. [たくさん]	たくさん たくさん	副詞	很多
12. [みんな]	みんな みんな	名詞	大家
13. [忙しい]	いそがしい	イ形容詞	忙碌的
14. [平日]	へいじつ	名詞	平常；平日
15. [午後]	ごご	名詞	下午
16. [いる]	いる	動詞	在
17. 誰もいません。	だれもいません。	沒有人在。	

目標：能說明物品的相對位置。

1. 老師說明位置的指示詞與相關用語（上、下、左、右、前、後等）。

2. 各組相互問答不同物品的位置。

ほそく
🗒 **補足**   🎧MP3-046

1. [猫]	ねこ	名詞	貓
2. [犬]	いぬ	名詞	狗
3. [コップ]	コップ	名詞	杯子
4. [ソファー]	ソファー	名詞	沙發

目標：能聽懂日語談話中家人的稱謂與各種職業。

	父 ちち	母 はは	兄 あに	姉 あね	弟 おとうと	妹 いもうと
林 りん						
劉 りゅう						
鈴木 すずき						

1. 請先試著聽對話，不看文字，填妥上面表格。

2. 填妥之後再與同學互對答案。

3. 接著看下面的對話文，聽聲音，並且慢一拍跟讀。

（教室で弁当を食べながら）

林　：劉さん、今日はお弁当ですか。

劉　：ええ、スープもありますよ。

　　　私は母のスープが大好きです。

林　：へえ、何のスープですか？

劉　：酸辣湯です。母はレストランのシェフです。とても美味しいです。

鈴木：羨ましいです。

劉　：父は会社員で、姉は銀行員です。

　　　みんな忙しいです。平日はうちに誰もいません。

　　　鈴木さんは？

鈴木：私の父と兄も忙しいです。

　　　兄は会社員です。いつも父の会社にいます。

林さんは何人家族ですか。

林　：4人家族です。父は画家です。

　　　母はデザイナーです。

　　　弟は高校二年生です。

鈴木：あ、私の妹も高校生ですよ。

林　：じゃあ、鈴木さんの家族は5人ですね。

鈴木：はい、そうです。

劉　：私も5人家族です。猫もいますよ。

　　　でも妹はうちにいません。交換留学生ですから。

補足　🎧 MP3-048

1. [鈴木]	すずき	名詞	鈴木（姓氏）
2. [お弁当]	おべんとう	名詞	飯盒；便當
3. [スープ]	スープ	名詞	湯
4. [レストラン]	レストラン	名詞	餐廳
5. [シェフ]	シェフ	名詞	主廚
6. [姉]	あね あね	名詞	姊姊
7. [弟]	おとうと	名詞	弟弟
8. [美味しい]	おいしい おいしい	イ形容詞	好吃美味的
9. [いつも]	いつも	副詞	總是
10. [交換留学生]	こうかんりゅうがくせい	名詞	交換留學生

▶ 文型

▶1. 佐藤さんの家はどこにありますか。

佐藤さんの家は北海道にあります。

おじいさんとおばあさんはどこにいますか。

おじいさんとおばあさんは東京にいます。

▶2. リビングに何がありますか。

リビングにテーブルがあります。

庭に何がいますか。

庭に犬と猫がいます。

教室に誰がいますか。

教室に学生がいます。

▶3. 部屋に何がありますか。

部屋に何もありません。

庭に誰がいますか。

庭に誰もいません。

▶4. ここに本がたくさんあります。

教室に学生が3人います。

▶5. 私の本は机の上にあります。

私の雑誌も机の上にあります。

兄は家にいます。

姉も家にいます。

▶6. 庭に犬がいます。

庭に猫もいます。

家にテーブルがあります。

家に花もあります。

▶7. これは兄からのプレゼントです。

あれは父からの手紙です。

▶8. 父は会社で、母は音楽の先生です。

兄は画家で、姉は銀行員です。

ここ	そこ	あそこ	どこ
1. [おじいさん]	おじいさん	名詞	爺爺
2. [おばあさん]	おばあさん	名詞	奶奶
3. [庭]	にわ	名詞	庭院
4. [教室]	きょうしつ	名詞	教室
5. [誰]	だれ	代名詞	誰
6. [手紙]	てがみ	名詞	信

ひとり 1人	ふたり 2人	さんにん 3人	よにん 4人	ごにん 5人	なんにん 何人
ろくにん 6人	ななにん 7人	はちにん 8人	きゅうにん 9人	じゅうにん 10人	

練習問題

一、代換練習

1. （　　　　　）の家はどこにありますか。

　（　　　　　）の家は（　　　　　　）にあります。

佐藤さん
陳さん
田中さん

北海道
高雄
東京

2. （　　　　　　）はどこにいますか。

　（　　　　　　）は（　　　　　　）にいます。

おじいさん
お父さん
妹

台北
花蓮
桃園

3. （　　　　　　）に何がありますか。

　（　　　　　　）に（　　　　　　）があります。

リビング
部屋
ベランダ

ソファー
椅子
植物

4. （　　　　　）に何がいますか。

　　（　　　　　）に（　　　　　）がいます。

あそこ	犬（いぬ）
寮（りょう）	学生（がくせい）
家（いえ）	猫（ねこ）

二、中翻日

1. 媽媽的圍巾在沙發上。

⇒ _____

2. 我的 CD 也在沙發上。

⇒ _____

3. 父親在公司。

⇒ _____

4. 教室裡有許多學生。

⇒ _____

5. 院子裡有花。

⇒ _____

三、重組

1. アニメグッズが／あります／たくさん／机の上に

   ⇒ _____

2. 父は／会社員です／音楽の先生で／母は

   ⇒ _____

3. プレゼントです／兄からの／これは

   ⇒ _____

4. 姉からの／それは／お土産です

   ⇒ _____

5. トイレです／ここは／そこは／教室で

   ⇒ _____

四、配合題：依照正確讀音填入括號

1. ① ひとり　　　（　　）　　　　　a 2人

   ② しちにん　　（　　）　　　　　b 3人

   ③ ふたり　　　（　　）　　　　　c 7人

   ④ よにん　　　（　　）　　　　　d 1人

   ⑤ さんにん　　（　　）　　　　　e 4人

2. ① はっさい　　　（　　）　　　　　a ７歳

　 ② じゅっさい　 （　　）　　　　　b １歳

　 ③ いっさい　　 （　　）　　　　　c ８歳

　 ④ さんさい　　 （　　）　　　　　d ３歳

　 ⑤ ななさい　　 （　　）　　　　　e 10 歳

五、看圖回答

1. 犬<ruby>いぬ</ruby>はどこですか。

　 ⇒ _____

2. 時計<ruby>とけい</ruby>はどこにありますか。

　 ⇒ _____

3. おじいさんはどこにいますか。

　 ⇒ _____

4. 弟はベッドの上にいますか。

   ⇒ _____

5. お父さんもベッドの上にいますか。

   ⇒ _____

📖 補足　　　　　　　　　　　　　　🎧 MP3-051

1. [お父さん]	おとうさん	名詞	父親
2. [お土産]	おみやげ	名詞	當地特產
3. [トイレ]	トイレ	名詞	廁所

第四課
だいよん か

買い物
か　　　もの

学習目標
がくしゅうもくひょう

1. 能以日語購物，詢問價錢，並表達需要的數量。
2. 能表達自己想買的商品特色，如：顏色、大小等。

1. ジューススタンドで

2. 朝<ruby>あさいち</ruby>市で

3. デパートの
サービスカウンターで

4. デパートの売<ruby>う</ruby>り場<ruby>ば</ruby>で

客　：すみません。

店員：いらっしゃいませ。何かお探しですか。

客　：新しいスマホが欲しいです。

店員：どのようなタイプですか。

客　：チラシのこれ、ありますか。黒いスマホです。

店員：これですね。ございますよ。

客　：いくらですか。

店員：そんなに高くありませんよ。１９８００円です。

客　：じゃ、これをください。

新しい表現　　MP3-054

1.	[スマホ]	スマホ	名詞	智慧型手機
2.	[欲しい]	ほしい	イ形容詞	想要的
3.	[どのような]	どのような		怎麼樣的
4.	[タイプ]	タイプ	名詞	類型
5.	[チラシ]	チラシ	名詞	傳單
6.	[黒い]	くろい	イ形容詞	黑色的
7.	[そんなに]	そんなに		那樣的；那麼的
8.	いらっしゃいませ。			歡迎光臨。

第四課　買い物

9. 何かお探しですか。　なにかおさがしですか。	您找什麼東西呢？
10. ございます。	有（禮貌表現）。

会話二　チキンカレーは簡単です　🎧MP3-055

山本：周さん、今日、カレーはどうですか。

周　：いいですね。じゃ、チキンカレーは？

山本：ああ、チキンカレーは簡単です。えーと、材料は……。

　　　まず、カレーのルーですね。それから、玉ねぎが1つ、じゃがいもが3

　　　つ、あとはにんじん……。それと、チョコレートも欲しいです。

周　：え？　チョコレートですか？

山本：はい、美味しいですよ。

周　：ええ？　美味しくないでしょう……。

新しい表現　🎧MP3-056

1. ［カレー］	カレー	名詞	咖哩（飯）
2. ［まず］	まず	副詞	先；首先
3. ［それから］	それから	接続詞	然後
4. ［チキン］	チキン チキン	名詞	雞（肉）

5.	[材料]	ざいりょう	名詞	材料
6.	[とり肉]	とりにく	名詞	雞肉
7.	[にんじん]	にんじん	名詞	紅蘿蔔
8.	[じゃがいも]	じゃがいも	名詞	馬鈴薯
9.	[玉ねぎ]	たまねぎ	名詞	洋蔥
10.	[ルー]	ルー	名詞	咖哩塊
11.	[チョコレート]	チョコレート	名詞	巧克力
12.	どうですか。			怎麼樣？

　私はバイクが欲しいです。普通のバイクではありません。大きいバイクです。好きなバイクはアメリカ製です。かっこいいですから。

　しかし、アメリカ製は高いです。そして、運転も簡単ではありません。重いです。ですから、とても難しいです。

　友達はうちに大きいバイクがあります。運転も上手です。

　私はバイクが好きですが、運転が上手ではありません。お金もありません。高いバイクは無理です。やっぱり安いバイクが欲しいです。

▶ **新しい表現** 🎧 MP3-058

1. [バイク]	バイク	名詞	摩托車
2. [普通]	ふつう	副詞	普通
3. [アメリカ]	アメリカ	名詞	美國
4. [アメリカ製]	アメリカせい	名詞	美國製造
5. [かっこいい]	かっこいい	イ形容詞	帥氣的；瀟灑的
6. [しかし]	しかし	接続詞	但是
7. [値段]	ねだん	名詞	價錢
8. [運転]	うんてん	名詞	開（車輛）
9. [ですから]	ですから	接続詞	所以
10. [友達]	ともだち	名詞	朋友
11. [上手]	じょうず	ナ形容詞	好的；拿手的

12. [お金]	おかね	名詞	錢
13. [無理]	むり	ナ形容詞	不可能的
14. [やっぱり]	やっぱり	副詞	還是

目標：能以日語進行關於價錢與數量的對話。

1. 請先確認圖表後面【補足】的單字。

2. 兩人一組練習以下對話。

    A：Bさん、〇〇は、1^{ひと}ついくらですか。

    B：_____円／元です。

    A：じゃあ、〇〇はいくつありますか。

    B：～つあります。

3. 將以上對話配合下方圖表中Ａ和Ｂ的資訊，相互進行練習，並寫下聽到的回答。

Aさん

31 元

たまご

_____つあります。

1つ_____円／元 です。

かばん

_____つあります。

1つ_____円／元 です。

3,880 円

（野球ボール）

763 円

コップ

_____つあります。

1つ_____円／元 です。

ケーキ

_____つあります。

1つ_____円／元 です。

524 元

980 円

おにぎり

_____つあります。

1つ_____円／元 です。

USB

_____つあります。

1つ_____円／元 です。

120元

ボール

_____つあります。

1つ_____円／元 です。

3,240円

ぬいぐるみ

_____つあります。

1つ_____円／元 です。

643円

オレンジ

_____つあります。

1つ_____円／元 です。

18元

帽子

_____つあります。

1つ_____円／元 です。

324円

1. [たまご]	たまご	名詞	蛋
2. [かばん]	かばん	名詞	包包
3. [ボール]	ボール	名詞	球
4. [ケーキ]	ケーキ	名詞	蛋糕
5. [おにぎり]	おにぎり	名詞	飯糰
6. [オレンジ]	オレンジ	名詞	柳橙
7. [ぬいぐるみ]	ぬいぐるみ	名詞	絨毛娃娃
8. [帽子]	ぼうし	名詞	帽子
9. [USB]	ユーエスビー	名詞	隨身碟

第四課

買い物

目標：能向店員詢問價格並點餐。

1. 2～3人一組進行練習。

2. 一人扮演店員、其他人皆為顧客。

3. 扮演店員的人決定價格並寫在價目表上。

4. 顧客詢問價格後，如以下會話點餐。

　　A：服務員、B：客人１、C：客人２

　　A：いらっしゃいませ。ご注文（ちゅうもん）は？

　　B：カレーはいくらですか。

　　A：200（にひゃく）元（げん）です。

　　C：コーヒーはいくらですか。

　　A：９０（きゅうじゅう）元（げん）です。

　　B：じゃあ、カレーとりんごジュースをください。

　　C：私（わたし）はコーヒーをください。

　　A：カレーとりんごジュースとコーヒーですね。かしこまりました。少々（しょうしょう）お

　　　　ちください。

5. 店員寫下顧客點餐內容。

6. 會話結束後，交換練習。

喫茶トウゴ　【メニュー】

お食事		お飲み物
＿＿＿＿＿元	＿＿＿＿＿元	＿＿＿＿＿元
＿＿＿＿＿元	＿＿＿＿＿元	＿＿＿＿＿元
＿＿＿＿＿元	＿＿＿＿＿元	＿＿＿＿＿元

補足　MP3-062

1.	[ステーキ]	ステーキ	名詞	牛排
2.	[パスタ]	パスタ	名詞	義大利麵
3.	[サンドイッチ]	サンドイッチ	名詞	三明治
4.	[クッキー]	クッキー	名詞	餅乾
5.	[コーヒー]	コーヒー	名詞	咖啡

6. ［紅茶］	こうちゃ	名詞	紅茶
7. ［りんごジュース］	りんごジュース	名詞	蘋果汁
8. ご注文は？	ごちゅうもんは？		您要點什麼呢？
9. かしこまりました。			（對客人）明白了。
10. 少々お待ちください。	しょうしょう おまちください。		請稍等。

▶ 1. リンゴをください。

トマトをください。

リンゴを2つください。

バナナを2本ください。

本を3冊ください。

▶ 2. 私はスマホが欲しいです。

私はバイクが欲しいです。

▶ 3. このチョコレートは美味しいです。

このチョコレートは美味しくないです。

このチョコレートは美味しくありません。

このスマホは高いです。

このスマホは高くないです。

このスマホは高くありません。

運転は簡単です。

運転は簡単ではありません。

果物は新鮮です。

果物は新鮮ではありません。

▶4. 林さんは日本語が上手です。

陳さんは運転がうまいです。

▶5. 新しいスマホは高いです。

大きいバイクが欲しいです。

チキンカレーは簡単な料理です。

好きな果物はトマトです。

▶6. チキンカレーは美味しいです。そして簡単です。

トマトは美味しいです。そして安いです。

▶7. 好きなバイクはアメリカ製です。しかし、アメリカ製は高いです。

新しいスマホが欲しいです。しかし、お金がありません。

▶8. 好きなバイクはアメリカ製ですが、アメリカ製は高いです。

新しいスマホが欲しいですが、お金がありません。

1. [りんご]	りんご		名詞	蘋果
2. [トマト]	トマト		名詞	蕃茄
3. [果物]	くだもの		名詞	水果
4. [新鮮]	しんせん		ナ形容詞	新鮮的

第四課

買い物

ひと 1つ	ふた 2つ	みっ 3つ	よっ 4つ	いつ 5つ	
むっ 6つ	なな 7つ	やっ 8つ	ここの 9つ	とお 10	いくつ

いっさつ 1冊	に さつ 2冊	さんさつ 3冊	よんさつ 4冊	ご さつ 5冊	
ろくさつ 6冊	ななさつ 7冊	はっさつ 8冊	きゅうさつ 9冊	じゅっ さつ 10冊	なんさつ 何冊

いっぽん 1本	に ほん 2本	さんぼん 3本	よんほん 4本	ご ほん 5本	
ろっぽん 6本	ななほん 7本	はっぽん 8本	きゅうほん 9本	じゅっ ぽん 10本	なんぼん 何本

動詞（丁寧体）　どうし　ていねいたい

肯定　こうてい	否定　ひてい
あります	ありません
います	いません

イ形容詞（丁寧体）

肯定	否定
高いです	高くないです 高くありません
美味しいです	美味しくないです 美味しくありません
欲しいです	欲しくないです 欲しくありません
いいです	＊よくないです ＊よくありません

＊為特殊用法，請注意

ナ形容詞（丁寧体）

肯定	否定
簡単です	簡単ではありません
上手です	上手ではありません
好きです	好きではありません

名詞（丁寧体）

肯定	否定
アメリカ製です	アメリカ製ではありません
バイクです	バイクではありません
日本人です	日本人ではありません

練習問題

一、配合題

1. よっつ （　　　　） a 10

2. ここのつ （　　　　） b 4つ

3. とお （　　　　） c 6つ

4. むっつ （　　　　） d 5つ

5. いつつ （　　　　） e 9つ

二、「イ形容詞」還是「ナ形容詞」？

例	美味しい	イ形	4	黒い		8	寒い	
1	無理		5	好き		9	簡単	
2	かっこいい		6	上手		10	羨ましい	
3	きれい		7	広い		11	素敵	

三、請依照例題，在括號內填寫最適合的助詞

例 りんご （　が　） 9つあります。

1. カレー （　　　　） ください。

2. 私はバイク （　　　　） 欲しいです。

3. 好きなバイク （　　　　） アメリカ製です。

4. 妹はうち （　　　　） います。

5. 私は母 （　　　　） 料理が好きです。

四、a 還是 b？

1. チョコレート （a. 2つをください　b. を2つください）。

2. このトマトは （a. 新鮮　b. 新鮮な） です。

3. あそこに （a. 大きい　b. 大きいな） バイクがあります。

4. 私のスマホは （a. 新しいではありません　b. 新しくないです）。

5. 私はこの料理が （a. 好きではありません　b. 好きくないです）。

五、重組

1. ください／サンドイッチを／コーヒーと

　⇒ _____

2. 新しい／私は／スマホが／欲しいです

　⇒ _____

3. 忙しくないです／午後は／今日の

　⇒ _____

4. トマトは／この／新鮮ではありません

　⇒ _____

5. 3つ／あそこに／素敵な／あります／マフラーが

　⇒ _____

五、中翻日

1. 英語不簡單。很難的。

   ⇒ _____

2. 那張桌子不是很乾淨。

   ⇒ _____

3. 這是個很簡單的遊戲。我的父母也非常喜歡。

   ⇒ _____

4. 學校的宿舍有9個房間。但不寬敞。

   ⇒ _____

5. 不好意思，我想要白色的手機。請給我這個。

   ⇒ _____

MEMO

第五課
だいごか

いそが　　　　　まいにち
忙しい毎日

1. 能表達自己一天的作息，也能聽懂別人說明一天的作息。
2. 能詢問別人假日的作息。
3. 能詢問活動開始和結束的時間。

1. 朝_{あさ}、教室_{きょうしつ}で

2. 会社_{かいしゃ}のオフィスで

3. 学校_{がっこう}で

4. レストランで

会話一　学生生活

 MP3-066

鈴木：黄さん、何曜日学校に来ますか？

黄　：月曜日から金曜日までです。毎日来ますよ。火曜日と水曜日は、朝6時に起きます。

鈴木：早いですね。その日は何時に家を出ますか。

黄　：7時頃です。月曜日は、午後から学校へ行きます。

鈴木：木曜日と金曜日の授業も午後からですよね。

黄　：はい、でも授業の前に学校でアルバイトをします。

鈴木：じゃあ、いつ昼ご飯を食べますか？

黄　：アルバイトの後で食べます。

鈴木：そうですか、忙しいですね。

新しい表現

MP3-067

1. ［学生生活］	がくせいせいかつ	名詞	學生生活
2. ［〜曜日］	〜ようび	名詞	星期〜
3. ［学校］	がっこう	名詞	學校
4. ［朝］	あさ	名詞	早上
5. ［〜時］	〜じ		〜點
6. ［家］	うち	名詞	家
7. ［〜分］	〜ふん / ぷん	名詞	〜分
8. ［授業］	じゅぎょう	名詞	課

9. [アルバイト]	アルバイト	名詞	打工
10. [いつ]	いつ		什麼時候
11. [昼ご飯]	ひるごはん	名詞	午餐
12. [～頃]	～ごろ		大約～左右
13. [早い]	はやい	イ形容詞	很快的；早的
14. [来る]	くる	動詞	來
15. [起きる]	おきる	動詞	起床
16. [出る]	でる	動詞	離開；出門
17. [行く]	いく	動詞	去
18. [する]	する	動詞	做
19. [食べる]	たべる	動詞	吃

会話二　明日の休日　🎧 MP3-068

高橋：明日、家族と宜蘭へ行きます。

山田：宜蘭ですか。電車で行きますか。

高橋：いいえ、車で行きます。1時間ぐらいです。長いトンネルを通ります。

山田：ああ、遠くないですね。宜蘭は何が有名ですか。

高橋：温泉が有名ですよ。それに海もきれいですから、海岸を散歩します。

山田：へえ、そうですか。

高橋：そして、午後9時頃台北へ帰ります。

1. [高橋]	たかはし	名詞	高橋（姓氏）
2. [山田]	やまだ	名詞	山田（姓氏）
3. [明日]	あした	名詞	明天
4. [休日]	きゅうじつ	名詞	假日；假期
5. [電車]	でんしゃ でんしゃ	名詞	火車
6. [車]	くるま	名詞	車
7. [～時間]	～じかん	名詞	～個小時
8. [トンネル]	トンネル	名詞	隧道
9. [温泉]	おんせん	名詞	溫泉
10. [海]	うみ	名詞	海
11. [海岸]	かいがん	名詞	海岸
12. [山]	やま	名詞	山
13. [遠い]	とおい	イ形容詞	遠的
14. [有名]	ゆうめい	ナ形容詞	有名的
15. [通る]	とおる	動詞	通過；穿越
16. [散歩する]	さんぽする	動詞	散步
17. [帰る]	かえる	動詞	回家；返回

第五課

忙しい毎日
いそが
まいにち

　私は大学生です。月曜日から金曜日まで、バスで大学へ行きます。月曜日は午後から授業に行きます。火曜日と水曜日は、8時10分からです。7時に家を出ます。木曜日と金曜日は、アルバイトをします。9時から12時までです。午後の授業は5時までです。夜は、家族と晩ご飯を食べます。それから、お風呂の前に宿題をします。時々友達とSNSでおしゃべりします。毎日12時頃に寝ます。忙しい一日が終わります。

▶ **新しい表現** ｜　　　🎧 MP3-071

1. [日常生活]	にちじょうせいかつ	名詞	日常生活
2. [バス]	バス	名詞	公車
3. [大学]	だいがく	名詞	大學
4. [夜]	よる	名詞	晚上
5. [晩ご飯]	ばんごはん	名詞	晚餐
6. [お風呂]	おふろ	名詞	洗澡
7. [宿題]	しゅくだい	名詞	功課；作業
8. [SNS]	エスエヌエス	名詞	社交網絡；Social Networking Service
9. [一日]	いちにち	名詞	一天
10. [時々]	ときどき	副詞	有時候
11. [おしゃべりする]	おしゃべりする	動詞	聊天
12. [寝る]	ねる	動詞	睡覺
13. [終わる]	おわる	動詞	結束

目標：能詢問並回答作息。

1. 使用後面的表格，詢問三位同學的作息時間。

2. 將聽到的答案填寫於表格裡。

3. 第⑥題請自由發揮。

<ruby>質<rt>しつ</rt></ruby> <ruby>問<rt>もん</rt></ruby>	さん	さん	さん
①<ruby>毎日<rt>まいにち</rt></ruby>、<ruby>何時<rt>なんじ</rt></ruby>に<ruby>起<rt>お</rt></ruby>きますか。			
②<ruby>毎日<rt>まいにち</rt></ruby>、<ruby>何時間<rt>なんじかん</rt></ruby>くらい<ruby>寝<rt>ね</rt></ruby>ますか。			
③いつも、どこで<ruby>昼<rt>ひる</rt></ruby>ご<ruby>飯<rt>はん</rt></ruby>を<ruby>食<rt>た</rt></ruby>べますか。			
④いつも、<ruby>何時頃<rt>なんじごろ</rt></ruby>に<ruby>家<rt>うち</rt></ruby>へ<ruby>帰<rt>かえ</rt></ruby>りますか。			
⑤<ruby>一週間<rt>いっしゅうかん</rt></ruby>に<ruby>何回<rt>なんかい</rt></ruby>くらい、<ruby>図書館<rt>としょかん</rt></ruby>へ<ruby>行<rt>い</rt></ruby>きますか。			
⑥_____ _____か。			

目標：能表達一天的作息安排。

1. 參考例句，在表格中寫下自己每天的作息時間表。

2. 參考例句，詢問附近同學：「何時に起きますか」等等問題。
   なんじ　お

4. 比較自己和同學的作息安排。

5. 最後，發表並討論彼此作息時間表的異同之處。

例 私は夜、友達とＳＮＳでおしゃべりします。陳さんも、夜よくＳＮＳでお
わたし　よる　ともだち　エスエヌエス　　　　　　　　　　　　　　　　ちん　　　　　　よる　　　　エスエヌエス

しゃべりします。

私は毎朝、6時に起きます。陳さんは8時頃に起きます。
わたし　まいあさ　ろくじ　お　　　　　ちん　　　　はちじごろ　お

	例	私 わたし	さん
AM 4:00			
5:00			
6:00	起きます お		
7:00	朝ご飯を食べます、あさ はん た 家を出ます うち で		
8:00	学校に着きます、授かっこう つ じゅ 業に出ます ぎょう で		
9:00			
10:00			
11:00			
PM 12:00	昼ご飯を食べます ひる はん た		
1:00	図書館で勉強します としょかん べんきょう		

時間			
2:00			
3:00	授業に出ます		
4:00			
5:00	学校を出ます		
6:00	家に帰ります		
7:00	晩ご飯を食べます		
8:00	宿題をします		
9:00	SNSで友達とおしゃべりします		
10:00	スマホを見ます		
11:00	お風呂に入ります		
AM 12:00	寝ます		
1:00			
2:00			
3:00			

📖 補足　　　　　　　　　　　　　　　　🎧 MP3-073

1.	[図書館]	としょかん	名詞	圖書館
2.	[着く]	つく	動詞	抵達
3.	[勉強する]	べんきょうする	動詞	念書；學習
4.	[見る]	みる	動詞	看
5.	[入る]	はいる	動詞	進入；洗澡

▶1.　私は毎日学校へ行きます。

　　林さんは明日台北へ帰ります。

　　山田さんは今日台湾へ来ます。

　　私は明日日本に行きます。

　　6時に家に帰ります。

　　毎日学校に来ます。

▶2.　私は朝早く家を出ます。

　　バスは午後3時に学校を出ます。

▶3.　毎日公園を散歩します。

　　車は長いトンネルを通ります。

▶4.　兄は毎日授業に行きます。

　　友達は明日散歩に行きます。

▶5.　父は朝6時に起きます。

　　母は夜12時に寝ます。

▸6. 私は毎日家族と晩ご飯を食べます。

  弟は時々日本人の友達と話します。

▸7. 友達は毎日大学の事務所でアルバイトをします。

  私は時々レストランで昼ご飯を食べます。

▸8. 私たちは車で台北へ行きます。

  私は時々弟とＳＮＳでおしゃべりします。

▸9. 妹はお風呂の前に宿題をします。

  私は授業の前にアルバイトをします。

  おじいさんはいつもご飯の後で散歩します。

  おばあさんはいつも散歩の後でご飯を食べます。

▸10. 授業は月曜日から金曜日までです。

  朝の授業は8時からです。

  午後の授業は5時までです。

  朝8時10分から授業があります。

  私は月曜日から金曜日まで毎日大学へ行きます。

  台北から宜蘭まで、車で1時間ぐらいです。

時間（じかん）／曜日（ようび）

～時（じ）	～分（ふん）／分（ぶん）	～時間（じかん）	～曜日（ようび）
いち じ 1時	いっぷん 1分	いち じ かん 1時間	げつ よう び 月曜日
に じ 2時	に ふん 2分	に じ かん 2時間	か よう び 火曜日
さん じ 3時	さんぷん 3分	さん じ かん 3時間	すい よう び 水曜日
よ じ 4時	よんぷん 4分	よ じ かん 4時間	もく よう び 木曜日
ご じ 5時	ご ふん 5分	ご じ かん 5時間	きんようび 金曜日
ろく じ 6時	ろっぷん 6分	ろく じ かん 6時間	ど よう び 土曜日
しち じ 7時	なな ふん 7分	なな　しち じ かん 7／7時間	にちようび 日曜日
はち じ 8時	はっぷん 8分	はち じ かん 8時間	—
く じ 9時	きゅうふん 9分	く じ かん 9時間	—
じゅう じ 10 時	じゅっ ぷん 10分	じゅう じ かん 10 時間	—
じゅういち じ 11 時	じゅういっ ぷん 11分	じゅういち じ かん 11 時間	—
じゅうに じ 12時	じゅうに ふん 12分	じゅうに じ かん 12 時間	—
—	さんじゅっ ぷん 30分	にじゅうよ じ かん 24 時間	—
—	よんじゅうご ふん 45分	ろくじゅう じ かん 60 時間	—
なん じ 何時	なん ぷん 何分	なん じ かん 何時間	なんようび 何曜日

動詞の「ます」形

動詞の種類	辞書形	「ます」形
上一段動詞 下一段動詞	いる	います
	起きる	起きます
	出る	出ます
	食べる	食べます
	寝る	寝ます
五段動詞	ある	あります
	行く	行きます
	終わる	終わります
	帰る	＊帰ります
	話す	話します
カ行変格動詞	来る	来ます
サ行変格動詞	する	します
	散歩する	散歩します

＊為特殊用法，請注意

一、請依照例題，在括號內填寫最適合的助詞

例 授業の後（　で　）、図書館へ行きます。

1. いつも何時（　　　　）学校（　　　　）行きますか。

　　朝9時（　　　　）行きます。

2. 家族は車（　　　　）台北に来ます。

3. 授業は月曜日（　　　　）金曜日（　　　　）です。

4. 山田さんはいつアルバイトをしますか。

　　私は授業の前（　　　　）アルバイトをします。

5. 私はよく日本人の友達（　　　　）おしゃべりします。

二、重組

1. 毎日／起きます／6時に／父は

　　⇒ _____

2. 友達と／時々／話します／ＳＮＳで

　　⇒ _____

3. 田中さんと／授業の／図書館へ／後で／行きます

　　⇒ _____

4. ここへ／金曜日まで／来ます／毎日／月曜日から

⇒ _____

5. 学校まで／20分くらいです／バスで／家から

⇒ _____

三、配合題

1.

① 3分（　　）   a. さんじゅうろっぷん

② 10分（　　）   b. じゅうよんぷん

③ 14分（　　）   c. よんじゅうはっぷん

④ 36分（　　）   d. さんぷん

⑤ 48分（　　）   e. じゅっぷん

2.

① 1時（　　）   a. ろくじ

② 4時（　　）   b. いちじ

③ 6時（　　）   c. しちじ

④ 7時（　　）   d. くじ

⑤ 9時（　　）   e. よじ

四、中翻日

1. 我星期一到星期四在學校打工。

   ⇒ _____

2. 今天早上沒有課。下午才去上學。

   ⇒ _____

3. 我星期天和家人在餐廳吃飯。

   ⇒ _____

4. 我下課後和朋友們在圖書館寫作業。

   ⇒ _____

5. 我經常和媽媽在公園裡散步。

   ⇒ _____

五、請依提示範例，在後面表格空白處寫下鈴木先生本週及下週的行程

	今週	来週
月	午後図書館　作文の宿題	大阪の山本さん　飛行機 15:40
火	15:10－17:00 作文クラス	15:10－17:00 作文クラス 士林夜市
水	陳さんと昼ご飯 13:10－15:00 日本語会話テスト	バス 16:00　温泉
木	午前アルバイト（学校） 22:00 寝る	山本さん　飛行機 11:50

金 <small>きん</small>	林さんと宜蘭旅行 <small>りん　　　　ぎらんりょこう</small>	午前アルバイト（学校） <small>ごぜん　　　　　　　　がっこう</small> 陳さんと林さんと晩ご飯＋お酒 <small>ちん　　りん　　ばん　はん　　　さけ</small>
土 <small>ど</small>		電車 14:00　妹とデパート <small>でんしゃ　　　　いもうと</small>
日 <small>にち</small>		家族とレストラン <small>かぞく</small>

例　今日は月曜日です。鈴木さんは午後、図書館で作文の宿題をします。
<small>きょう　げつようび　　　すずき　　　　　ごご　としょかん　さくぶん　しゅくだい</small>

📓 補足
<small>ほそく</small>　　　　　　　　　　　　　　　　　　　　　🎧 MP3-076

1.	[話す]	はなす	動詞	説話
2.	[作文]	さくぶん	名詞	作文
3.	[クラス]	クラス	名詞	課堂；班
4.	[日本語]	にほんご	名詞	日語
5.	[会話]	かいわ	名詞	對話；會話
6.	[テスト]	テスト	名詞	測驗
7.	[士林夜市]	しりんよいち	名詞	士林夜市（地名）
8.	[飛行機]	ひこうき	名詞	飛機
9.	[お酒]	おさけ	名詞	酒
10.	[デパート]	デパート	名詞	百貨公司

MEMO

だいろっか
第六課

りょこう
旅行

がくしゅうもくひょう
学習目標

1. 能表達自己曾經去過的景點、國家以及想去的地方。
2. 能向朋友說明旅行的樂趣。
3. 能接受或拒絕朋友的邀約。

1. 教室で

2. サークルで

3. 日本語学校で

4. 交流会で

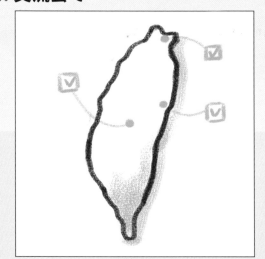

会話一　どこか行きたいですか

林：ねえ、来年、卒業の前に、どこか行きませんか。

陳：じゃあ、私は日本へ遊びに行きたいです。

林：ああ、私も行きたいです。

陳：私は関西がいいです。神社やお寺を見たいですから。

林：いいですね。京都とか奈良の、有名なお寺を見物したいですね。それから、桜も見たいです。

陳：私は桜の下できれいな写真を撮りたいです。

林：いいですね。じゃ、着物も着ましょう。

新しい表現

1. [来年]	らいねん	名詞	明年
2. [卒業]	そつぎょう	名詞	畢業
3. [遊ぶ]	あそぶ	動詞	玩
4. [神社]	じんじゃ	名詞	神社
5. [お寺]	おてら	名詞	寺廟
6. [関西]	かんさい	名詞	關西
7. [京都]	きょうと	名詞	京都
8. [奈良]	なら	名詞	奈良
9. [見物する]	けんぶつする	動詞	參觀

10. [着る]	きる	動詞	穿
11. [桜]	さくら	名詞	櫻花
12. [撮る]	とる	動詞	攝（影）；照（相）
13. [着物]	きもの	名詞	和服

会話二　天気はどうでしたか　🎧MP3-080

羅　：佐藤さん、これ、京都のお土産です。どうぞ。

佐藤：あ、ありがとうございます。嬉しいです。旅行はどうでしたか。

羅　：楽しかったですよ。友達と二人で行きました。きれいな写真をたくさん撮りました。

佐藤：そうですか。天気はどうでしたか。

羅　：いい天気でした。あまり暑くなかったです。雨も降りませんでした。きれいな写真をたくさん撮りました。

佐藤：よかったですね。

羅　：今度は冬に行きたいです。北海道でスキーをしたいですから。

佐藤：いいですね。

羅　：そして、蟹料理とか、チーズとか、北海道の有名な食べ物が、いろいろ食べたいです。

佐藤：私も北海道の牛乳が飲みたいです。

1. [嬉しい]	うれしい	イ形容詞	高興的
2. [旅行]	りょこう	名詞	旅行
3. [楽しい]	たのしい	イ形容詞	快樂的
4. [二人]	ふたり	名詞	兩人
5. [天気]	てんき	名詞	天氣
6. [雨]	あめ	名詞	雨
7. [降る]	ふる	動詞	下（雨）
8. [今度]	こんど	名詞	下次
9. [スキー]	スキー	名詞	滑雪
10. [蟹料理]	かにりょうり	名詞	螃蟹料理
11. [チーズ]	チーズ	名詞	起司
12. [食べ物]	たべもの たべもの	名詞	食物
13. [いろいろ]	いろいろ	名詞	各式各樣

去年の七月三日から七月十日まで、家族と日本の関西へ旅行に行きました。私たちは京都駅でそばを食べました。抹茶も飲みました。美味しかったです。

そのあと、地下鉄で神社に行きました。そこで絵馬を書きました。それから、お守りを３つ買いました。夜は川で赤や黄色の花火を見ました。京都は古い町ですが、とてもきれいなところです。

次の日、新幹線で神戸に行きました。日本人の友達と一緒に有名なレストランで食事をしました。そして、震災の話をいろいろ聞きました。

今回は温泉に行きませんでした。次はぜひ温泉に行きたいです。

▶ **新しい表現**　　　　　　　　　　🎧 MP3-083

1.	[去年]	きょねん	名詞	去年
2.	[京都駅]	きょうとえき	名詞	京都車站
3.	[そば]	そば	名詞	蕎麥麵
4.	[抹茶]	まっちゃ	名詞	抹茶
5.	[飲む]	のむ	動詞	喝
6.	[地下鉄]	ちかてつ	名詞	地下鐵
7.	[絵馬]	えま	名詞	繪馬
8.	[書く]	かく	動詞	寫
9.	[お守り]	おまもり	名詞	護身符

10. [買う]	かう	動詞	買
11. [川]	かわ	名詞	河流
12. [赤]	あか	名詞	紅色
13. [黄色]	きいろ	名詞	黃色
14. [花火]	はなび	名詞	煙火
15. [見る]	みる	動詞	看
16. [古い]	ふるい	イ形容詞	舊的
17. [町]	まち	名詞	城鎮
18. [ところ]	ところ	名詞	地方
19. [次]	つぎ	名詞	下一個
20. [新幹線]	しんかんせん	名詞	新幹線
21. [神戸]	こうべ	名詞	神戶
22. [一緒に]	いっしょに	副詞	一起
23. [食事]	しょくじ	名詞	飲食；吃飯
24. [震災]	しんさい	名詞	地震災害
25. [話]	はなし	名詞	事情
26. [聞く]	きく	動詞	聽
27. [今回]	こんかい	名詞	這次
28. [ぜひ]	ぜひ	副詞	務必

目標：1. 能邀請朋友一起旅行。

      2. 能接受或拒絕朋友的邀約。

1. 請在下面表格填寫想去的地點和想做的事。

2. 兩人一組，依照表格下方的會話例句，首先表明自己想去哪個地點和想做的事，接著詢問某位同學是否願意一起前往，並記錄下來。

場所、したいこと	_____さん
北海道　スキー	
奈良　お寺に行く	
墾丁　サーフィン	
陽明山　ハイキングする	
台南　お城を見る	
東京　ショッピング	
地名（自由）　活動（自由）	

例 A：私は＿＿＿a＿＿＿に行きたいです。そこで＿＿＿b＿＿＿たいです。

    一緒に行きませんか。

  B：① いいですね。行きましょう。

    ② すみません、＿＿＿a／b＿＿＿はちょっと。

  A：① はい、一緒に行きましょう。

    ② そうですか。じゃ、また今度。

補足（ほそく）　🎧 MP3-085

1. [サーフィン]	サーフィン	名詞	衝浪
2. [山登り]	やまのぼり	名詞	登山
3. [ショッピング]	ショッピング	名詞	購物

▶ 活動二（かつどう）　🎧 MP3-086

目標：1. 能表達自己曾經去過的景點、國家。

**　　　2. 能向朋友說明旅行的樂趣。**

1. 3～5人一組，分為5組。同組內分享去過的景點、吃過的美食和做過的事，並說明旅行的樂趣或趣事。

　例　私（わたし）は福岡（ふくおか）の太宰府（だざいふ）に行（い）きました。そこで学問（がくもん）の神様（かみさま）にお願（ねが）いしました。それから、お餅（もち）を食（た）べました。美味（おい）しかったです。

2. 將結果用標點或繪圖設計等呈現於地圖上。

3. 各組發表，全班一起票選出本次制霸海外旅行者為哪一組。

評分項目	第1組	第2組	第3組	第4組	第5組
地點數					
美食數					
趣事經驗數					
（可追加評分項目）					
合計得分					

▶ 1. 私は日本へ行きたいです。

    私は着物を着たいです。

    私はきれいな写真を撮りたいです。

    私はカレーが食べたいです。

    私はジュースが飲みたいです。

▶ 2. 陳さんは関西へ旅行に行きます。

    友達は北海道へスキーに行きます。

    私は日本へ遊びに行きます。

    お土産を買いに行きます。

    今日は友達と飲みに行きます。

▶ 3. 私は台湾から来ました。

    雨が降りました。

    そばは美味しかったです。

    旅行は楽しかったです。

    花はとてもきれいでした。

    テストは簡単でした。

昨日はいい天気でした。

昨日は暑い一日でした。

▶ 4. 私は温泉に行きませんでした。

雨が降りませんでした。

昨日は暑くなかったです。

カレーは美味しくなかったです。

カレーはあまり好きではありませんでした。

日本語はあまり上手ではありませんでした。

昨日はあまりいい天気ではありませんでした。

日曜日は雨ではありませんでした。

▶ 5. どこか行きたいですか。

はい、日本へ遊びに行きたいです。

何か買いましたか。

ええ、お土産を買いました。

誰かいますか。

いいえ、誰もいません。

► 6. 私は友達と二人で旅行に行きました。

　　妹は一人でご飯を食べました。

► 7. 今度一緒に日本へ行きましょう。

　　そうしましょう。

► 8. お寺を見たいですから、関西がいいです。

　　今回は温泉に行きませんでしたから、今度はぜひ行きたいです。

☐ 補足　　　　　　　　　　　　　　　　🎧 MP3-088

1. ［昨日］		きのう		名詞		昨天

いちがつ 1月	にがつ 2月	さんがつ 3月	しがつ 4月	ごがつ 5月	ろくがつ 6月	なんがつ 何月
しちがつ 7月	はちがつ 8月	くがつ 9月	じゅうがつ 10月	じゅういちがつ 11月	じゅうにがつ 12月	

ついたち 1日	ふつか 2日	みっか 3日	よっか 4日	いつか 5日	むいか 6日
なのか 7日	ようか 8日	ここのか 9日	とおか 10日	じゅういちにち 11日	じゅうににち 12日
じゅうさんにち 13日	じゅうよっか 14日	じゅうごにち 15日	じゅうろくにち 16日	じゅうしちにち 17日	じゅうはちにち 18日
じゅうくにち 19日	はつか 20日	にじゅういちにち 21日	にじゅうににち 22日	にじゅうさんにち 23日	にじゅうよっか 24日
にじゅうごにち 25日	にじゅうろくにち 26日	にじゅうしちにち 27日	にじゅうはちにち 28日	にじゅうくにち 29日	さんじゅうにち 30日
さんじゅういちにち 31日	なんにち 何日				

動詞のます形（連用形）＋「たい」

動詞の種類	辞書形	動詞ます形（連用形）＋「たい」
上一段動詞 下一段動詞	起きる	起きたい
	見る	見たい
	食べる	食べたい
	出る	出たい
	寝る	寝たい
五段動詞	遊ぶ	遊びたい
	買う	買いたい
	撮る	撮りたい
	飲む	飲みたい
	話す	話したい
	帰る	*帰りたい
カ行変格動詞	来る	来たい
サ行変格動詞	する	したい
	散歩する	散歩したい

* 為特殊用法，請注意

動詞：例「行きます」

	肯定	否定
非過去	行きます	行きません
過去	行きました	行きませんでした

127

イ形容詞：例「美味しいです」

	肯定	否定
非過去	美味しいです	美味しくないです 美味しくありません
過去	美味しかったです	美味しくなかったです 美味しくありませんでした

ナ形容詞：例「好きです」

	肯定	否定
非過去	好きです	好きではありません
過去	好きでした	好きではありませんでした

名詞：例「いい天気です」

	肯定	否定
非過去	いい天気です	いい天気ではありません
過去	いい天気でした	いい天気ではありませんでした

練習問題
<ruby>練習問題<rt>れんしゅうもんだい</rt></ruby>

一、選出標註底線單字的正確讀音

1. （　　　）<u>旅行</u>はどうでしたか。

　　　①りょうこう　　②りょこう　　③りようこう　　④りよこう

2. （　　　）<ruby>京都<rt>きょうと</rt></ruby>のお<u>土産</u>です。どうぞ。

　　　①むやげ　　　　②みあげ　　　　③みやけ　　　　④みやげ

3. （　　　）<ruby>家族<rt>かぞく</rt></ruby>と<u>関西</u>に<ruby>行<rt>い</rt></ruby>きました。

　　　①がんさい　　　②かんせい　　　③かんさい　　　④がんせい

4. （　　　）きれいな<u>写真</u>をたくさん<ruby>撮<rt>と</rt></ruby>りました。

　　　①しやしん　　　②しゃじん　　　③しゃしん　　　④じゃしん

二、重組

1. スキーに／<ruby>北海道<rt>ほっかいどう</rt></ruby>へ／<ruby>友達<rt>ともだち</rt></ruby>は／<ruby>行<rt>い</rt></ruby>きます

　　⇒ _____

2. <ruby>3<rt>みっ</rt></ruby>つ／<ruby>買<rt>か</rt></ruby>いました／お<ruby>守<rt>まも</rt></ruby>りを／<ruby>姉<rt>あね</rt></ruby>は

　　⇒ _____

3. <ruby>行<rt>い</rt></ruby>きました／<ruby>友達<rt>ともだち</rt></ruby>と／<ruby>母<rt>はは</rt></ruby>は／<ruby>旅行<rt>りょこう</rt></ruby>に／<ruby>3人<rt>さんにん</rt></ruby>で

　　⇒ _____

三、中翻日

1. 昨天天氣不是很好。

   ⇒ _____

2. 暑假想去日本京都玩。

   ⇒ _____

3. 昨天的煙火很漂亮。

   ⇒ _____

4. 下次一起去吃日本菜吧。

   ⇒ _____

5. 隔天，我們搭公車去了神社。

   ⇒ _____

四、看圖回答

1.

Q：新しいレストランの料理はどうでしたか。

A：＿＿＿＿＿＿＿＿＿＿＿＿＿＿＿＿＿＿＿＿＿＿＿＿＿＿＿＿＿＿＿＿＿

2.

Q：誰がいますか。

A：＿＿＿＿＿＿＿＿＿＿＿＿＿＿＿＿＿＿＿＿＿＿＿＿＿＿＿＿＿＿＿＿＿

3.

Q：昨日のテストは簡単でしたか。

A：＿＿＿＿＿＿＿＿＿＿＿＿＿＿＿＿＿＿＿＿＿＿＿＿＿＿＿＿＿＿＿＿＿

五、請在括號內填寫最適合的助詞

1. 昨日雨（　　　　）降りました。

2. 北海道（　　　　）蟹料理とか、チョコレートとか、いろいろ食べたいです。

3. 新幹線（　　　　）大阪に行きました。

4. 日曜日は家族で陽明山へお花見（　　　　）行きました。

5. 京都で抹茶（　　　　）飲みました。

六、代換練習

1. 日本へ行きたいです。

　・お城を見ます。⇒_____

　・アイスクリームを食べます。⇒_____

　・ビールを飲みます。⇒_____

2. 旅行は楽しかったです。⇒旅行は楽しくなかったです。

　・昨日は寒かったです。⇒_____

　・料理は美味しかったです。⇒_____

　・朝は忙しかったです。⇒_____

3. 着物を着ました。⇒着物を着ませんでした。

　・音楽を聞きました。⇒_____

　・写真を撮りました。⇒_____

　・食事をしました。⇒_____

七、配合題：請完成下面的句子

1. 夏休みはどこも （ ） a. 行きましょう

2. 今回はお花見に行きませんでしたから （ ） b. 今年はちょっと……

3. 今度一緒に日本へ （ ） c. 行きませんでした

4. 旅行へ行きたいですが （ ） d. 今度はぜひ行きたいです

📔 補足 🎧 MP3-089

1. [ビール]	ビール	名詞	啤酒
2. [夏休み]	なつやすみ	名詞	暑假
3. [お花見]	おはなみ	名詞	賞花

MEMO

だいなな か
第七課

スマホ

1. 能對天氣、價格等進行簡單說明並表達意見。
2. 能使用手機進行日文輸入。

1. 朝、教室で

2. 映画館の前で

3. 運動会の前日、寮で

4. 食事処で

会話一　アプリで店を予約しましょう　🎧MP3-091

鈴木：最近のスマホ、すごいと思いません？

黄　：そうですね。それに、アプリが便利だから、みんな使いますね。

鈴木：私は通学の時、いつもゲームをします。

　　　さっきも面白いゲームをしました。黄さんもゲームをしますか。

黄　：私はあまりしませんね。

　　　でも、写真はよく撮ります。スマホの中はペットの写真でいっぱいです。

　　　あと、料理の写真もあります。

鈴木：そうそう、駅前に美味しい韓国料理の店がありますから、食べに行きま

　　　せんか。

黄　：あー、あの店ですね。じゃあ、先にこのアプリで予約しましょう。

新しい表現　🎧MP3-092

1. [アプリ]	アプリ	名詞	APP；應用軟體
2. [最近]	さいきん	副詞	最近
3. [すごい]	すごい	イ形容詞	厲害的；好棒的
4. [便利]	べんり	ナ形容詞	方便的
5. [使う]	つかう	動詞	使用
6. [通学]	つうがく	動詞	上下學
7. [ゲーム]	ゲーム	名詞	手遊；電玩；遊戲

8. [さっき]	さっき	副詞	剛才
9. [よく]	よく	副詞	常常；經常
10. [ペット]	ペット	名詞	寵物
11. [いっぱい]	いっぱい	副詞	很多；滿
12. [駅前]	えきまえ えきまえ	名詞	火車站前
13. [料理]	りょうり	名詞	菜餚；料理
14. [韓国料理]	かんこくりょうり	名詞	韓國料理
15. [店]	みせ	名詞	店家；商店
16. [先に]	さきに	副詞	事先
17. [予約する]	よやくする	動詞	預約

会話二 図表の作り方、よくわからないんです　🎧 MP3-093

山田：張さん、どうしたんですか。

張　：図表の作り方、よくわからないんです。

山田：図表ですか。簡単ですよ。

　　　まず、ここを選びます。クリックします。

　　　次にここに数字を入れます。

　　　そして、このボタンを押します。

　　　ほら、できました。

張 ：あっ、本当だ！　ありがとうございます。

　　　でも、私、よく忘れるから……

山田：大丈夫。すぐ慣れますよ。

張 ：はい、頑張ります。

新しい表現

🎧 MP3-094

1. [図表]	ずひょう	名詞	圖表
2. [作り方]	つくりかた	名詞	製作方法
3. [わかる]	わかる	動詞	懂得；知道
4. [選ぶ]	えらぶ	動詞	選擇
5. [クリックする]	クリックする	動詞	點擊
6. [次に]	つぎに	接続詞	接著
7. [数字]	すうじ	名詞	數字
8. [入れる]	いれる	動詞	放入；置入
9. [ボタン]	ボタン	名詞	按鍵；按鈕
10. [押す]	おす	動詞	壓；按
11. [すぐ]	すぐ	副詞	立刻
12. [本当]	ほんとう	名詞；ナ形容詞	真的
13. [忘れる]	わすれる	動詞	忘記
14. [大丈夫]	だいじょうぶ	ナ形容詞	沒問題的

15. [慣れる]	なれる	動詞	習慣
16. [頑張る]	がんばる	動詞	努力
17. どうしたんですか。		你怎麼了？	
18. ほら、できました。		瞧，完成了。	

　スマホはカメラ、メール、ネットなどいろいろな機能があります。ゲームも
あります。しかし、学生はよく授業の時に遊ぶから、先生は困ります。最近、
スマホ依存の人が多いです。ＳＮＳ、ゲームなど、一日中スマホを使います。

　では、どうしてスマホ依存の人が多いのでしょうか。それは、ＳＮＳやゲー
ムが楽しいから、時間も悩みも忘れるのです。しかし、毎日の生活には悪い影
響があります。健康にもよくないです。だから長時間の利用はやめましょう。
スマホは便利ですが、使用時間に注意が必要だと思います。

あたら　　　ひょうげん
▶ **新しい表現** |

🎧 MP3-096

1. [依存]	**いぞん**	名詞	依頼；中毒
2. [カメラ]	**カメラ**	名詞	相機
3. [メール]	**メール**	名詞	電子郵件；郵件
4. [ネット]	**ネット**　**ネット**	名詞	網路；上網
5. [機能]	**きのう**	名詞	功能
6. [時]	**とき**	名詞	時候
7. [困る]	**こまる**	動詞	困擾
8. [一日中]	**いちにちじゅう**	副詞	一整天
9. [では]	**では**	接続詞	那麼
10. [どうして]	**どうして**	副詞	為什麼

11. [時間]	じかん	名詞	時間
12. [悩み]	なやみ	名詞	煩惱
13. [だから]	だから	接続詞	因此；所以
14. [悪い]	わるい	イ形容詞	壞的
15. [影響]	えいきょう	名詞	影響
16. [健康]	けんこう	名詞	健康
17. [長時間]	ちょうじかん	名詞	長時間
18. [利用]	りよう	名詞	利用
19. [やめる]	やめる	動詞	停止
20. [使用]	しよう	名詞	使用
21. [注意]	ちゅうい	名詞	小心；注意
22. [必要]	ひつよう	名詞	必要
23. [思う]	おもう	動詞	覺得；認為

目標：能詢問對方的上網時數，並發表個人看法。透過了解同儕的上網時數，藉機反省自身網路依賴程度。

1. 詢問對方的上網時數，並發表個人意見。

   Ａ：＿＿＿＿＿さん、自分はスマホ依存だと思いますか。

   Ｂ：① はい、そうだと思います。

   ② いいえ、そうじゃないと思います。

   Ａ：そうですか。一日、何時間ぐらい使いますか。

   Ｂ：だいだい＿＿＿＿＿時間ぐらいです。

   Ａ：＿＿＿＿＿時間ぐらいですか。

   ① ＿＿＿＿＿時間は長いと思います。

   ② ＿＿＿＿＿時間は長くないと思います。

   Ｂ：① はい、そうだと思います。

   ② いいえ、そうだと思いません。

2. 針對同儕的上網時數發表看法。

   はっぴょうれい
   発表例１：

   わたし
   私は＿＿＿＿＿さんはスマホ依存ではないと思います。

   いちにち　　　　　じ　かんつか　　だいじょうぶ　　　おも
   一日＿＿＿＿＿時間使うから大丈夫だと思います。

   はっぴょうれい
   発表例２：

   わたし
   私は＿＿＿＿＿さんはスマホ依存だと思います。

   いちにち　　　　　じ　かんつか　　　　　　　おも
   一日＿＿＿＿＿時間使うからよくないと思います。

目標：能使用手機進行日文輸入。

請練習在手機上輸入以下日文。

1. ここは台湾です。

2. 私は学生です。

3. 京都が好きです。

4. 毎日学校へ行きます。

5. 一緒に頑張りましょう。

▶1. 明日雪が降ると思います。

明日雪が降らないと思います。

スマホは安いと思います。

スマホは安くないと思います。

日本語は簡単だと思います。

日本語は簡単ではないと思います。

張さんは台湾人だと思います。

張さんは台湾人ではないと思います。

▶2. 明日食べに行きませんか。

一緒に帰りませんか。

一緒に勉強しませんか。

▶ 3.

A：どこへ行<ruby>行<rt>い</rt></ruby>くのですか。

B：<ruby>病院<rt>びょういん</rt></ruby>です。

A：<ruby>今日<rt>きょう</rt></ruby>は<ruby>何<rt>なに</rt></ruby>を<ruby>買<rt>か</rt></ruby>うんですか。

B：りんごとトマトです。

A：鈴木さんはいないのですか。

B：はい、バイトがあるから、先に家へ帰りました。

A：旅行に行くのですか。

B：はい、来週、両親が日本に来るから、一緒に京都へ行くのです。

▶4. どうして刺身を食べないのですか。

刺身があまり好きではないからです。

なぜこのアパートの家賃は安いのでしょうか。

部屋が少し古いからです。

▶ 5. 運動は体にいいです。

タバコは健康に悪いです。

長時間の使用は目によくありません。

補足				🎧 MP3-099

1. [雪]	ゆき		名詞	雪
2. [両親]	りょうしん		名詞	雙親
3. [なぜ]	なぜ		副詞	為什麼
4. [アパート]	アパート		名詞	公寓
5. [家賃]	やちん		名詞	房租
6. [運動]	うんどう		名詞	運動
7. [体]	からだ		名詞	身體
8. [タバコ]	タバコ		名詞	香菸
9. [目]	め		名詞	眼睛

動詞の否定形

動詞の種類	辞書形	否定形
上一段動詞 下一段動詞	いる	いない
	起きる	起きない
	見る	見ない
	食べる	食べない
	寝る	寝ない
五段動詞	行く	行かない
	降る	降らない
	読む	読まない
	帰る	＊帰らない
	買う	＊買わない
	ある	＊ない
カ行変格動詞	来る	来ない
サ行変格動詞	する	しない
	勉強する	勉強しない

＊為特殊用法，請注意

イ形容詞の否定形

イ形容詞	否定形
高い	高くない
安い	安くない
熱い	熱くない
難しい	難しくない
いい	*よくない

*為特殊用法，請注意

ナ形容詞の否定形

ナ形容詞	否定形
好きだ	好きではない
便利だ	便利ではない
簡単だ	簡単ではない

名詞の否定形

名詞	否定形
学生だ	学生ではない
台湾人だ	台湾人ではない
ここだ	ここではない

練習問題

一、選出標註底線單字的正確讀音

1. (　　　) 私は通学の時、いつもゲームをします。

　　①つうがく　　②ずうがく　　③つうがぐ　　④ずうがぐ

2. (　　　) スマホはいろいろな機能があります。

　　①きの　　②ぎのう　　③きのう　　④ぎの

3. (　　　) スマホ依存の人が多い。

　　①いぞ　　②いそう　　③いぞう　　④いぞん

4. (　　　) 毎日の生活に悪い影響があります。

　　①ええぎょう　　②ええきょう　　③えいきょう　　④えいぎょう

5. (　　　) 長時間の利用はやめましょう。

　　①じょうじかん　　　　②ちょうじかん

　　③じょうちかん　　　　④じゅうじかん

二、請在括號內填寫最適合的助詞

1. スマホ依存は健康 (　　) よくありません。

2. スマホの中はペットの写真 (　　) いっぱいです。

3. ネットの使用時間 (　　) 注意が必要です。

4. 上のボタン (　　) 押しました。

5. ここ (　　) 数字を入れました。

三、重組

1. ペットの写真で／スマホの中は／いっぱいです

   ⇒ _____

2. あります／スマホは／いろいろな機能が

   ⇒ _____

3. 予約しました／アプリで／あの店を

   ⇒ _____

四、請依照例題完成下列句子

例： _____と思います。（このアプリは便利です）

　　⇒ このアプリは便利だと思います。

1. _____と思います。（明日雪が降ります）

2. _____と思います。（駅前の店は美味しいです）

3. _____と思います。（あの人は日本人です）

4. _____と思います。（鈴木さんはゲームをしません）

5. _____と思います。（長時間の使用は健康によくあり

　　　　　　　　　　　　　　　　　ません）

五、中翻日

1. 我覺得智慧型手機很方便。

   ⇒ _____

2. 手機成癮的人會長時間使用手機。

   ⇒ _____

3. 首先，在這裡輸入數字。

   ⇒ _____

4. 因為 APP 很方便，所以大家都在使用。

   ⇒ _____

5. 在公車上我總是在玩手遊。

   ⇒ _____

MEMO

第八課
（だいはちか）

いわ
お祝い

学習目標
（がくしゅうもくひょう）

1. 能以日語表達特殊節日時贈送禮物的行為。
2. 能向別人傳達自己在特殊節日時獲贈禮物，並詢問別人的情況。

聞いてみよう

1. 教室で

2. デパートで

3. 教室で

4. 廊下で

徐　：バレンタインデーに彼氏から何かもらいましたか。

田中：ええ、今度は素敵な指輪をもらいましたよ。嬉しかったです。

徐　：いいなぁ。どんなの？

田中：ほら、これ。とても品のある指輪でしょ。

徐　：本当だ、素敵！　羨ましいな。じゃあ、チョコレートは？

田中：いいえ、私は甘いものが苦手です。でも、彼氏は好きだから、２つもあ
　　　げました。

新しい表現　MP3-102

1. [バレンタインデー]	バレンタインデー	名詞	情人節
2. [彼氏]	かれし	名詞	男朋友
3. [もらう]	もらう	動詞	得到；收到
4. [指輪]	ゆびわ	名詞	戒指
5. [品]	ひん	名詞	等級
6. [甘い]	あまい	イ形容詞	甜的
7. [苦手]	にがて / にがて	ナ形容詞	不喜歡的；不擅長的
8. [あげる]	あげる	動詞	給

会話二　明るくていい兄です

蘇　：かっこいい時計ですね。

増田：あっ、これですか。入学のお祝いに兄がくれたプレゼントです。

蘇　：いいお兄さんですね。

増田：ええ、とても明るくていい兄です。

蘇　：おじいさんとおばあさんからも何かもらったでしょう。

増田：いいえ、何もくれませんでした。ただ「入学おめでとう」だけでした。

新しい表現

1.	[増田]	ますだ	名詞	増田（姓氏）
2.	[入学]	にゅうがく	名詞	入學
3.	[お祝い]	おいわい	名詞	祝賀
4.	[くれる]	くれる	動詞	給我
5.	[お兄さん]	おにいさん	名詞	（你的、他的）哥哥
6.	[ただ]	ただ	副詞	只是
7.	[おめでとう]	おめでとう		恭喜

　3月3日は私の20歳の誕生日でした。両親にはずっと欲しかったパソコンをもらいました。彼女にはキャラクターTシャツを3枚もらいました。とても嬉しかったです。でも、小学生の妹は何もくれませんでした。まだ1年生ですから、お金がありません。再来週は両親の結婚記念日です。ネットで買った日本製の炊飯器をあげたいと思います。

▶ **新しい表現** ｜　　🎧 MP3-106

1. [20歳]	はたち	名詞	20歳
2. [誕生日]	たんじょうび	名詞	生日
3. [ずっと]	ずっと	副詞	一直
4. [パソコン]	パソコン	名詞	個人電腦
5. [彼女]	かのじょ	名詞	她；女朋友
6. [キャラクター]	キャラクター／キャラクター	名詞	動漫人物
7. [Tシャツ]	ティーシャツ	名詞	T恤
8. [小学生]	しょうがくせい	名詞	小學生
9. [再来週]	さらいしゅう	名詞	下下週
10. [結婚記念日]	けっこんきねんび	名詞	結婚紀念日
11. [炊飯器]	すいはんき	名詞	電鍋

目標：能使用日文表達基本的授受表現。

1. 向同學分享一下，過去的聖誕節有無送出或收到什麼禮物呢？

以前、クリスマスに＿＿＿＿＿＿に＿＿＿＿＿＿をあげました。

以前、クリスマスに＿＿＿＿＿＿が＿＿＿＿＿＿をくれました。

以前、クリスマスに＿＿＿＿＿＿に＿＿＿＿＿＿をもらいました。

<ruby>私<rt>わたし</rt></ruby>はクリスマスに<ruby>何<rt>なに</rt></ruby>も＿＿＿＿＿＿＿＿＿＿＿＿＿＿＿。

2. 詢問 2 位同學，到目前為止有無收到什麼禮物呢？

例：<ruby>今<rt>いま</rt></ruby>まで<ruby>何<rt>なに</rt></ruby>かプレゼントをもらいましたか。

⇒ はい、<ruby>父<rt>ちち</rt></ruby>から<ruby>新<rt>あたら</rt></ruby>しい<ruby>携帯<rt>けいたい</rt></ruby>をもらいました。

① ＿＿＿＿＿さん：＿＿＿＿＿＿＿＿＿＿＿＿＿＿＿＿＿。

② ＿＿＿＿＿さん：＿＿＿＿＿＿＿＿＿＿＿＿＿＿＿＿＿。

目標：能聽懂事物的特徵表達和贈與的方向。

聽聽看並回答以下問題：

1	奈良はどんなところでしたか。	① ②
2	どんな野球の帽子でしたか。	
3	誰が男に帽子をあげましたか。	
4	次郎さんは誰から帽子をもらいましたか。	

(1) 請先聽聲音，不看文字，填妥上面的學習單。

(2) 填妥之後再與同伴互對答案。

(3) 接著看後面的對話文，聽聲音，並且慢一拍跟讀。

（公園で）

女：奈良の旅行はどうでしたか。

男：とても楽しかったです。奈良は静かできれいなところです。そしてとても人情味があるところです。台湾へ帰る前に、日本人の友達がこの帽子をくれましたよ。

女：へえ、そうなんですか。優しい人ですね。私も昨日、東京の友達から野球の帽子をもらいました。でも、ちょっと小さくて色も好きではないので、弟の次郎にあげました。

1. [静か]	しずか	ナ形容詞	安靜的
2. [人情味]	にんじょうみ にんじょうみ	名詞	人情味
3. [優しい]	やさしい やさしい	イ形容詞	溫柔的
4. [野球]	やきゅう	名詞	棒球
5. [色]	いろ	名詞	顏色
6. [次郎]	じろう	名詞	次郎（名字）

▶ 1. 私は弟にプレゼントをあげました。

　弟は彼女にプレゼントをあげました。

　彼は彼女に花をあげました。

▶ 2. 私は彼女からチョコレートをもらいました。

　弟は友達から本をもらいました。

　私は友達に手紙をもらいました。

　弟は先生にプレゼントをもらいました。

▶ 3. 姉は私にＣＤをくれました。

　彼氏は私に指輪をくれました。

　田中さんは私の妹に本をくれました。

▶ 4. これは新宿へ行くバスです。

　これは台湾人がよく食べる料理です。

　こちらはとても品のある指輪です。

　これは兄がくれたプレゼントです。

　これは母が作ったカレーです。

　それが私の一番欲しかったものです。

第八課

お祝い

▶ 5. 田中さんは明るくて親切な人です。

この店は安くて美味しいです。

部屋は広くてきれいです。

▶ 6. 小学生の妹は何もくれませんでした。

課長の山本さんはとてもいい人です。

弟の次郎は小学校三年生です。

	補足			🎧 MP3-110
1.	[彼]	かれ	名詞	他
2.	[花]	はな	名詞	花
3.	[新宿]	しんじゅく	名詞	新宿
4.	[作る]	つくる	動詞	製作
5.	[一番]	いちばん いちばん	副詞	最
6.	[課長]	かちょう	名詞	課長

動詞の過去形（普通体）

動詞の種類	辞書形	過去形（「タ」形）
上一段動詞 下一段動詞	いる	いた
	起きる	起きた
	見る	見た
	食べる	食べた
	寝る	寝た
五段動詞	書く	書いた
	泳ぐ	泳いだ
	飲む	飲んだ
	死ぬ	死んだ
	遊ぶ	遊んだ
	洗う	洗った
	立つ	立った
	ある	あった
	帰る	*帰った
	行く	*行った
カ行変格動詞	来る	来た
サ行変格動詞	する	した
	勉強する	勉強した

* 為特殊用法，請注意

一、選出標註底線單字的正確讀音

1. （　　　　） きれいな<u>指輪</u>ですね。

     ①ゆうびわ   ②うびわ   ③ゆびわ   ④ゆびわあ

2. （　　　　） <ruby>甘<rt>あま</rt></ruby>いものが<u>苦手</u>です。

     ①にがて   ②にかて   ③にがで   ④にいがて

3. （　　　　） <ruby>来年<rt>らいねん</rt></ruby><u>20 歳</u>になります。

     ①はだち   ②はがち   ③はかち   ④はたち

4. （　　　　） <ruby>再来週<rt>さらいしゅう</rt></ruby>は<ruby>両親<rt>りょうしん</rt></ruby>の<ruby>結婚<rt>けっこん</rt></ruby><u>記念日</u>です。

     ①ぎねんひ   ②ぎねんび   ③きねんひ   ④きねんび

5. （　　　　） <ruby>結婚<rt>けっこん</rt></ruby>のお<ruby>祝<rt>いわ</rt></ruby>いに<u>炊飯器</u>をもらいました。

     ①しはんき   ②すはんき   ③しいはんき ④すいはんき

二、選擇最適當的選項以完成句子

1. （　　　　） <ruby>交換留学生<rt>こうかんりゅうがくせい</rt></ruby>の<ruby>森本<rt>もりもと</rt></ruby>さんに<ruby>博多<rt>はかた</rt></ruby>の<ruby>お土産<rt>みやげ</rt></ruby>を＿＿＿＿＿＿。

     ①くれました   ②くださいました   ③もらいました

2. （　　　　） <ruby>今年<rt>ことし</rt></ruby>の<ruby>母<rt>はは</rt></ruby>の<ruby>日<rt>ひ</rt></ruby>に、<ruby>私<rt>わたし</rt></ruby>は<ruby>母<rt>はは</rt></ruby>にカーネーションを＿＿＿＿＿＿と<ruby>思<rt>おも</rt></ruby>います。

     ①あげたい   ②くれたい   ③もらいたい

3. （　　　　） <ruby>台北<rt>たいぺい</rt></ruby>へ<ruby>来<rt>く</rt></ruby>る<ruby>前<rt>まえ</rt></ruby>に、<ruby>友達<rt>ともだち</rt></ruby>がこのノートを＿＿＿＿＿＿。

     ①あげたんです   ②くれたんです   ③もらったんです

三、請依照例題作答

例1：<ruby>林先生<rt>はやしせんせい</rt></ruby>はどんな<ruby>人<rt>ひと</rt></ruby>ですか。（<ruby>優<rt>やさ</rt></ruby>しい、きれい）

⇒ <ruby>林先生<rt>はやしせんせい</rt></ruby>は<ruby>優<rt>やさ</rt></ruby>しくてきれいです。

例2：どんな<ruby>公園<rt>こうえん</rt></ruby>ですか。（<ruby>静<rt>しず</rt></ruby>か、<ruby>広<rt>ひろ</rt></ruby>い）

⇒ <ruby>静<rt>しず</rt></ruby>かで<ruby>広<rt>ひろ</rt></ruby>い<ruby>公園<rt>こうえん</rt></ruby>です。

1. この<ruby>辞書<rt>じしょ</rt></ruby>はどうですか。（<ruby>厚<rt>あつ</rt></ruby>い、<ruby>大<rt>おお</rt></ruby>きい）

⇒ _____

2. あのレストランはどうですか。（<ruby>安<rt>やす</rt></ruby>い、<ruby>美味<rt>おい</rt></ruby>しい）

⇒ _____

3. その<ruby>湖<rt>みずうみ</rt></ruby>はどうですか。（<ruby>深<rt>ふか</rt></ruby>い、<ruby>広<rt>ひろ</rt></ruby>い）

⇒ _____

4. どんな<ruby>魚<rt>さかな</rt></ruby>がありますか。（<ruby>新鮮<rt>しんせん</rt></ruby>、<ruby>安<rt>やす</rt></ruby>い）

⇒ _____

5. どんな<ruby>傘<rt>かさ</rt></ruby>が<ruby>欲<rt>ほ</rt></ruby>しいですか。（<ruby>丈夫<rt>じょうぶ</rt></ruby>、きれい）

⇒ _____

四、重組

1. もらいました／パソコンを／<ruby>欲<rt>ほ</rt></ruby>しかった／<ruby>両親<rt>りょうしん</rt></ruby>に／ずっと

⇒ _____

2. チョコを／あげました／彼氏に／美味しい

⇒ _____

3. 親切な／とても／人です／明るくて

⇒ _____

五、代換練習

例 母が料理を作ります。
　⇒ 母が作る料理はとても美味しいです。

1. 妹が人形を作りました。

⇒ _____はかわいいです。

2. 澎湖は台湾の西にあります。

⇒ _____へ遊びに行きました。

3. 電車は新竹へ行きます。

⇒ _____が来ました。

4. 留学生がマレーシアから来ました。

⇒ このクラスには_____が2人います。

5. 友達からプレゼントをもらいました。

⇒ これは_____です。

六、中翻日

1. 這是慶祝入學時哥哥給我的禮物。

   ⇒ _____

2. 我從女朋友那裡收到 3 件動漫人物的 T 恤。

   ⇒ _____

3. 我想送在網路上買的日本製電鍋給爸媽。

   ⇒ _____

補足　　　🎧 MP3-111

1. [森本]	もりもと	名詞	森本（姓氏）
2. [博多]	はかた	名詞	博多（地名）
3. [ノート]	ノート	名詞	筆記本
4. [公園]	こうえん	名詞	公園
5. [辞書]	じしょ	名詞	字典
6. [湖]	みずうみ / みずうみ	名詞	湖泊
7. [深い]	ふかい	イ形容詞	深的
8. [魚]	さかな	名詞	魚
9. [丈夫]	じょうぶ	ナ形容詞	堅固的
10. [チョコ]	チョコ	名詞	巧克力

11. [人形]	にんぎょう	名詞	娃娃
12. [かわいい]	かわいい	イ形容詞	可愛的
13. [西]	にし	名詞	西邊
14. [留学生]	りゅうがくせい りゅうがくせい	名詞	留學生
15. [マレーシア]	マレーシア	名詞	馬來西亞
16. [カーネーション]	カーネーション	名詞	康乃馨

第九課
（だいきゅう か）

しょく じ
食事

学習目標
（がくしゅうもくひょう）

1. 能表達品嚐過的日本食物。
2. 能說明自己飲食的衛生習慣。
3. 能表達自己的行程規劃。

1. 廊下で

2. 大学のキャンパスで

3. 教室で

4. 廊下で

会話一　一度行ってみたいです

 MP3-113

林　：駅前に新しいレストランがオープンしましたね。

田中：ええ、日本料理のお店ですね。先週行きましたが、いろんな定食があり

　　　ましたよ。そんなに高くなかったです。洋食のメニューもありました。

林　：いいですね、一度行ってみたいです。

田中：でも予約が必要です。それから最近、お持ち帰りも多いです。割引にな

　　　りますから。

林　：そうですか。食べてみたいです。

田中：じゃあ今度、クラスメートを誘って、行ってみましょう。

林　：楽しみです。

新しい表現

 MP3-114

1.	[オープンする]	オープンする	動詞	開幕
2.	[日本料理]	にほんりょうり	名詞	日本菜
3.	[定食]	ていしょく	名詞	定食；套餐
4.	[先週]	せんしゅう	名詞	上週
5.	[洋食]	ようしょく	名詞	西餐
6.	[メニュー]	メニュー	名詞	菜單
7.	[一度]	いちど	名詞	一次
8.	[持ち帰り]	もちかえり	名詞	外帶

9. [割引]	わりびき	名詞	打折
10. [クラスメート]	クラスメート	名詞	同班同學
11. [誘う]	さそう	動詞	邀約
12. [楽しみ]	たのしみ	名詞	很期待
13. 食べてみたいです。	たべてみたいです。		很想吃看看。
14. 行ってみたいです。	いってみたいです。		很想去看看。

会話二　玉山に登ったことはありません　🎧 MP3-115

田中：先週、玉山に登りましたよ。郭さんは登ったことがありますか。

郭　：いいえ、登ったことはありません。どうでしたか。

田中：眺めがとても素晴らしかったです。見たことがない花もいっぱいありま
　　　した。

郭　：近くには有名な温泉がありますね。

田中：はい、でも温泉には入らなかったんです。時間がなかったですから。

郭　：私もまだ、そこの温泉には入ったことがありません。

田中：じゃあ、いつか一緒に行きましょう。

郭　：ええ、ぜひ。

1.	[登る]	のぼる	動詞	登；爬
2.	[眺め]	ながめ	名詞	遠景
3.	[素晴らしい]	すばらしい	イ形容詞	很棒的；很讚的
4.	[温泉]	おんせん	名詞	溫泉
5.	[入る]	はいる	動詞	進入
6.	[まだ]	まだ	副詞	尚未；還沒
7.	[いつか]	いつか	副詞	某天；遲早

第九課

食事
しょくじ

台湾料理にはいろいろな種類があります。特に私が好きな料理は夜市の料理です。臭豆腐、魯肉飯、焼きビーフンなどは安くて美味しいです。

私は日本料理も好きです。日本のラーメンや、そば、牛丼などはとても人気があります。ちょっと高いですが、たまに食べます。しかし、まだ刺身を食べたことはありません。生ものはちょっと苦手ですから。

台湾の夜市には日本のお寿司や、玉子焼きなどもあります。どれも美味しいです。

▶ **新しい表現** |　　　　　　　　　🎧 MP3-118

1. [台湾料理]	たいわんりょうり	名詞	台灣菜
2. [種類]	しゅるい	名詞	種類
3. [特に]	とくに	副詞	特別是
4. [臭豆腐]	しゅうどうふ	名詞	臭豆腐
5. [魯肉飯]	ルーローファン	名詞	滷肉飯
6. [焼きビーフン]	やきビーフン	名詞	炒米粉
7. [ラーメン]	ラーメン	名詞	拉麵
8. [牛丼]	ぎゅうどん	名詞	牛肉蓋飯
9. [生もの]	なまもの	名詞	生食
10.[お寿司]	おすし	名詞	壽司

11. [玉子焼き]	たまごやき	名詞	日式煎蛋
12. [どれも]	どれも	副詞	哪個都
13. とても人気があります。	とてもにんきがあります。		人氣非常旺。
14. ちょっと苦手です。	ちょっとにがてです。		比較沒辦法。

目標：1. 能在交流會中表達自己的飲食喜好和習慣。

2. 當被問及對日本食物的喜好時，能適當地回應。

1. 請教師以本課單字舉一般日本常見的食物、飲品為例，詢問同學們的飲食喜好，回答者依自己的實際情況發言。

例　A：林さん、刺身を食べますか？

　　B - 1：① はい、食べます。

　　　　　　② よく食べます。

　　　　　　③ 好きです。

　　　　　　④ 大好きです。

　　B - 2：① いいえ、刺身はちょっと。

　　　　　　② 苦手です。

　　　　　　③ 食べたことはありません。

2. 依照範例，利用以下表格互相提問飲食習慣。每人找 3 位同學，各提問 2 種食物。

提問者說：「～さん、_____を食べますか。」或是「_____はどうですか。」，回答者請按照自己的喜好，如前面對話裡 B - 1 或 B - 2 回答；接著換人回答。

3. 請將同學的回答狀況寫在下方表格。

「吃日本食物的習慣」學習單

名前 （なまえ）	食べ物 （た もの）	答え （こた）
例　王大明	刺身 （さし み）	食べます。 （た） ちょっと苦手です。 （にが て） 食べたことはありませ （た） ん。

目標：1. 能查詢各種禮物資訊。

2. 能自己思考判斷，選擇禮物，並以日語說出理由。

1. 全班分成幾個小組，討論訪日時可以贈與日本朋友的 2 種伴手禮。最後各組發
   表，並說明選擇該禮物的理由。

2. 設定 200 元以下的價格為條件，預設對方是大學生，各組自行查詢受日本人
   歡迎的伴手禮，可直接以中文發音敘述台灣伴手禮的名稱。

3. 最後各組寫妥表格，依照發表例句的方式，上台發表一人說一句日文。

4. 最後由同學一人一票選出最好的一組。

發表例：

① 私たちは＿＿＿＿＿＿＿＿がいいと思います。

② ＿＿＿＿＿＿＿＿からです。

③ そして、＿＿＿＿＿＿＿＿もいいと思います。

④ ＿＿＿＿＿＿＿＿からです。

⑤ 以上です。ありがとうございました。

📖 補足　　　　　　　　　　　　　　　　　　　🎧 MP3-120

1. [刺身]	さしみ	名詞	生魚片
2. [私たち]	わたしたち	名詞	我們
3. [以上]	いじょう	名詞	以上

1. 私は玉山に登ったことがあります。

   兄はアメリカに行ったことがあります。

   私は温泉に入ったことはありません。

   田中さんはまだ臭豆腐を食べたことはありません。

   ここは一度食べたことがある店です。

   あそこに見たことがない花がいっぱいありました。

2. 明日、クラスメートを誘って一緒に行きましょう。

   手を洗って食事をしましょう。

   うちへ帰って勉強したいです。

   お風呂に入って寝ました。

3. あそこの料理を一度食べてみたいです。

   日本の小説を読んでみたいです。

   次は花蓮に行ってみたいです。

4. どれも美味しかったです。

   ここに誰もいません。

   今日は何も食べませんでした。

第九課 食事

1.	[手]	て	名詞	手
2.	[洗う]	あらう	動詞	洗
3.	[小説]	しょうせつ	名詞	小説
4.	[読む]	よむ	動詞	讀；閱讀

動詞の「て」形

動詞の種類	辞書形	て形
上一段動詞 下一段動詞	いる	いて
	起きる	起きて
	見る	見て
	食べる	食べて
	寝る	寝て
五段動詞	書く	書いて
	泳ぐ	泳いで
	飲む	飲んで
	死ぬ	死んで
	遊ぶ	遊んで
	洗う	洗って
	立つ	立って
	ある	あって
	帰る	*帰って
	話す	*話して
	行く	*行って
カ行変格動詞	来る	来て
サ行変格動詞	する	して
	勉強する	勉強して

* 為特殊用法，請注意

第九課 食事

183

練習問題
<ruby>練習問題<rt>れんしゅうもんだい</rt></ruby>

一、選出標註底線單字的正確讀音

1. （　　）割引になります。
　　　　①わりびき　　　②わりぴき　　③わいひき　　④わりぴぎ

2. （　　）予約が必要です。
　　　　①ようやく　　　②よやく　　　③ゆうやく　　④ゆやく

3. （　　）牛丼はとても人気があります。
　　　　①ぎゅうとん　②ぎゅどん　　③ぎゅうどん　④ぎゅとん

4. （　　）私は夜市の料理が好きです。
　　　　①よいいち　　　②よいち　　　③やし　　　　④よういち

二、請完成以下對話（依照自身經驗回答）

1. 玉山に登ったことがありますか。

　⇒ _____

2. 日本へ行ったことがありますか。

　⇒ _____

3. 雪を見たことがありますか。

　⇒ _____

4. 臭豆腐を食べたことがありますか。

　⇒ _____

三、請在括號內填寫最適合的助詞

1. 見たことがない花（　　　）いっぱいありました。

2. 日本のラーメンはとても人気（　　　）あります。

3. 私は温泉（　　　）入ったことはありません。

4. 手を洗って、食事（　　　）しましょう。

四、請依照例題完成以下句子

例 家へ帰る／日本語を勉強する
　⇒ 家へ帰って、日本語を勉強します。

1. マスクをする／ＭＲＴに乗る

　⇒ _____

2. 朝起きる／顔を洗う

　⇒ _____

3. 歯を磨く／寝る

　⇒ _____

4. ラーメンを食べる／家へ帰る

　⇒ _____

1. [マスク]	マスク	名詞	口罩
2. [MRT]	エムアールティー	名詞	捷運
3. [乗る]	のる	動詞	搭乘
4. [起きる]	おきる	動詞	起床
5. [顔]	かお	名詞	臉
6. [歯]	は	名詞	牙齒
7. [磨く]	みがく	動詞	刷

五、中翻日

1. 因為沒時間，所以沒泡溫泉。

　　⇒ _____

2. 好想去京都看看。

　　⇒ _____

3. 昨天吃的日本菜都很好吃。

　　⇒ _____

第十課
だいじゅっか

わたし　　　ともだち
私の友達

1. 能說明朋友的特徵。
2. 能敘述朋友的優點。

1. 本屋<ruby>ほん や</ruby>で

2. レストランで

3. 教室<ruby>きょうしつ</ruby>で

4. 教室<ruby>きょうしつ</ruby>で

黄　：休みの日はいつも何をしていますか。

村井：そうですね。

よくオンラインで漫画を読んでいます。

たまに、スマホで映画も見ています。黄さんは？

黄　：私はよく一人で動物園へ行きます。近くに住んでいますから。

村井：へえ、そうなんですか。

私は台湾の動物園へ行ったことがありません。

黄　：じゃ、来週の土曜日、一緒に行きませんか。案内しますよ。

村井：ぜひ、お願いします！

1. [村井]	むらい	名詞	村井（姓氏）
2. [休み]	やすみ	名詞	休息
3. [オンライン]	オンライン	名詞	線上
4. [漫画]	まんが	名詞	漫畫
5. [たまに]	たまに	連語	偶爾
6. [映画]	えいが えいが	名詞	電影
7. [動物園]	どうぶつえん	名詞	動物園
8. [近く]	ちかく ちかく	名詞	附近
9. [住む]	すむ	動詞	住
10. [来週]	らいしゅう	名詞	下週
11. [案内する]	あんないする	動詞	介紹；領路

村井：あっ、あそこに熊がいますよ。

黄　：あれは台湾だけにいる熊なんです。

村井：へえ、初めて見ました。

　　　黒くて体が大きいですね。

黄　：そうですね。私は台湾の動物の中で一番かわいいと思います。

　　　それに、首の白い形が珍しいです。

村井：ほら、タイヤで遊んでいますよ。

黄　：あっ、あそこに子供の熊がいます。木の下で寝ています。

村井：本当だ！　小さくてかわいいですね！

1.	[熊]	くま くま	名詞	熊
2.	[初めて]	はじめて	副詞	初次
3.	[動物]	どうぶつ	名詞	動物
4.	[首]	くび	名詞	脖子
5.	[白い]	しろい	イ形容詞	白的
6.	[形]	かたち	名詞	形狀
7.	[珍しい]	めずらしい	イ形容詞	罕見的
8.	[タイヤ]	タイヤ	名詞	輪胎
9.	[子供]	こども	名詞	小孩子
10.	[木]	き	名詞	樹木
11.	[下]	した した	名詞	下面；下方
12.	[寝る]	ねる	動詞	睡覺

　橋本さんは私の友達です。彼は背が高くて、手も足も長いです。そして、髪が短いです。橋本さんはメガネをかけていて、いつもスポーツウェアを着ています。とても明るくて、優しいですから、クラスの中で一番人気があります。

　橋本さんは大学のバスケットチームに入っています。一生懸命練習していますから、とてもシュートがうまいです。試合の時の姿はとてもかっこいいです。

▶ **新しい表現**　　　　　　　　　　　🎧 MP3-130

1. ［橋本］	はしもと	名詞	橋本（姓氏）
2. ［背］	せ	名詞	身高；背部
3. ［足］	あし	名詞	腳
4. ［髪］	かみ	名詞	頭髪
5. ［短い］	みじかい	イ形容詞	短的

6. [メガネ]	メガネ	名詞	眼鏡
7. [かける]	かける	動詞	戴;掛
8. [スポーツウェア]	スポーツウェア	名詞	運動服
9. [中]	なか	名詞	裡面
10. [人気]	にんき	名詞	受歡迎
11. [大学]	だいがく	名詞	大學
12. [バスケットチーム]	バスケットチーム	名詞	籃球隊
13. [一生懸命]	いっしょうけんめい	名詞 ナ形容詞	全力以赴的;拚命的
14. [練習する]	れんしゅうする	動詞	練習
15. [うまい]	うまい	イ形容詞	擅長的;好的
16. [試合]	しあい	名詞	比賽
17. [シュート]	シュート	名詞	投籃;射門
18. [姿]	すがた	名詞	姿態

目標：能敘述自己的優點。

例 私は目がきれいです。
わたし め

1. 私は＿＿＿＿＿が＿＿＿＿＿＿＿＿＿です。
   わたし

   翻訳（　　　　　　　　　　　　　）

2. 私は＿＿＿＿＿が＿＿＿＿＿＿＿＿＿です。
   わたし

   翻訳（　　　　　　　　　　　　　）

3. 私は＿＿＿＿＿が＿＿＿＿＿＿＿＿＿です。
   わたし

   翻訳（　　　　　　　　　　　　　）

▶ **活動二**
かつどう

目標：能說明眼前同學的外表特徵。

　　兩人一組，將對方的外表特徵寫在空白處，並以日語向對方敘述。

例 黄さんは赤い服を着ています。
こう あか ふく き

🎧 MP3-131

📝 補足
ほ そく

1.	[赤い]	**あかい**	イ形容詞	紅色的
2.	[服]	**ふく**	名詞	衣服

1.　子供の熊は今木の下で寝ています。

　　田中さんは近くに住んでいます。

　　私は漫画を読んでいます。

　　休みの日はいつも何をしていますか。

　　林さんは最近よく勉強しています。

2.　橋本さんはメガネをかけています。

　　弟はいつも制服を着ています。

　　妹は赤い靴を履いています。

3.　田中さんはクラスの中で一番背が高いです。

　　橋本さんはクラスの中で一番人気があります。

　　あの熊は台湾の動物の中で一番かわいいと思います。

4.　象は鼻が長いです。

　　母は目がきれいです。

　　妹は足が長いです。

補足

1. [今]	いま	名詞	現在
2. [制服]	せいふく	名詞	制服
3. [靴]	くつ	名詞	鞋子
4. [履く]	はく	動詞	穿
5. [象]	ぞう	名詞	大象

第十課　私の友達

一、請在括號內填寫最適合的助詞

1. 私は日本語（　　　　）好きです。

2. 私はクラス（　　　　）一番背（　　　　）高いです。

3. いつもソファ（　　　　）寝ています。

4. 母（　　　　）目（　　　　）きれいです。

5. 部屋（　　　　）パソコン（　　　　）あります。

二、請依照例題作答

例 今何をしていますか。（本を読む）

⇒ 今本を読んでいます。

1. 今何をしていますか。（パスタを食べる）

　　⇒ _____

2. 今何をしていますか。（公園で遊ぶ）

　　⇒ _____

3. 今何をしていますか。（グラウンドを走る）

　　⇒ _____

4. 今何をしていますか。（英語を勉強する）

　　⇒ _____

5. 今何をしていますか。（カラオケを歌う）

⇒ _____

三、重組

1. スマホで／毎日／読みます／小説を

⇒ _____

2. 毎日／寝ています／高橋さんは／ベッドで

⇒ _____

3. 足が／お父さんは／長いです

⇒ _____

4. 山本さんは／かっこいいです／中で／一番／クラスの

⇒ _____

5. 見ます／一人で／映画を／趙さんは

⇒ _____

四、中翻日

1. 他穿著制服。

⇒ _____

2. 她每天在圖書館念書。

⇒ _____

3. 倉本同學在班上身高最矮。

   ⇒ _____

4. 妹妹頭髮很長。

   ⇒ _____

5. 每天在圖書館看雜誌。

   ⇒ _____

6. 妹妹正在用電腦玩遊戲。

   ⇒ _____

補足 (ほそく) 🎧 MP3-134

1. [グラウンド]	グラウンド グラウンド	名詞	球場；運動場
2. [英語]	えいご	名詞	英文
3. [カラオケ]	カラオケ	名詞	卡拉 OK
4. [歌う]	うたう	動詞	唱

ふ ろく
付録 1

1. 「聞いてみよう」スクリプト
2. 「練習問題」解答

「聞いてみよう」スクリプト

第一課　初めまして

1.（教室で）

先生：陳さん。
学生：はい。
先生：林さん。
学生：はい。

2.（教室で）

先生：王さん。
学生：……
先生：王さん。
学生：……
学生：先生、王さんはいません。
先生：そうですか。

3.（税関で）

税関職員：これは何ですか。
観光客　：お茶です。台湾のお茶です。
税関職員：そうですか。

4.（店で）

客　：すみません、あれは何ですか。
店員：あれですか？　あれはイヤホンです。
客　：えっ？　イヤホン？

第二課　私の部屋

1.（中古 CD の売り場で）

客　：この CD は何の CD ですか。
店員：演歌の CD です。
客　：じゃ、あの CD は？
店員：ああ、あれは J-POP の CD です。

2.（帰り道で）

学生A：荘さんは J-POP が好きですか。
学生B：はい、大好きです。佐藤さんは？
学生A：私も好きです。J-POP はメロディー
　　　　がかっこいいですね。
学生B：そうですね。

3.（部屋を見て）

友達A：広いですね。
友達B：そうですか？
友達A：J-POP の CD が多いですね。
友達B：ええ、大好きですから。

4.（ゲームショップで）

客A：村田さんはどのゲームが好きですか。
客B：あのスポーツゲームが好きです。張
　　　さんは？

客A：私はこの格闘ゲームが好きです。
客B：ああ、それですか。でも、そのゲームは難しいですよね。
客A：いいえ、簡単ですよ。

第三課　私のうち

1.（教室で）
先生：林さんはお休みですか。
学生：遅れてすみません。
先生：林さんのうちは、どこですか。
学生：学校の近くですが……。

2.（授業で）
学生：こちらが私の部屋です。
　　　机と椅子があります。
　　　そして、ベッドの横に窓があります。

3.（家族の写真を見て）
学生：これは家族の写真です。
　　　これが父と母です。そして兄と妹です。
　　　あと、家に犬もいます。

4.（スマホの写真を見て）
学生A：それは高橋のうちですか。
学生B：いいえ、おじいさんとおばあさんのうちです。
学生A：へえ、どこにありますか。
学生B：熊本にあります。

第四課　買い物

1.（ジューススタンドで）
学生A：王さん、ここでアルバイト？
学生B：あ、伊藤さん、いらっしゃいませ。何か飲みますか。
学生A：じゃあ、タピオカミルクティーをください。
学生B：タピオカミルクティーを1つですね。ありがとうございます。

2.（朝市で）
店主：あ、三田さん、いらっしゃい。
客　：おはようございます。今日も新鮮な果物がいっぱいありますね。
店主：ありがとうございます。このりんご、いかがですか。
客　：じゃ、そのりんごを3つください。

3.（デパートのサービスカウンターで）
店員：いらっしゃいませ。
客　：すみません、新しいスニーカーが欲しいです。
店員：スニーカーですね。5階の売り場にございます。
客　：5階ですね。ありがとうございます。

4.（デパートの売り場で）
客A：胡さん、今日は何を買いますか。
客B：もうすぐ冬ですからコートが欲しいです。

付録1

客A：色は？　明るい色はどうですか。

客B：明るい色は、ちょっと……。黒い

コートが欲しいです。

客A：そうですか。今年、黒いコートは人

気がありますからね。

第五課　忙しい毎日

1.（朝、教室で）

学生A：山田さん、今、何時ですか。

学生B：10時です。

学生A：10時10分から田中先生の授業

ですね。

学生B：そうですね、行きましょう。

2.（会社のオフィスで）

A：午後、会議がありますね。

B：はい、2時からです。

A：じゃ、お客さんは？　何時に来ますか。

B：お客さんは4時に来ます。

3.（学校で）

学生A：中間テスト、今日で最後ですね。

学生B：私は午前で終わります。鈴木さん

は？

学生A：私は3時10分から5時まで会話

のテストがあります。

学生B：そうですか。頑張りましょう。

4.（レストランで）

客　：あのー、こちらのレストランは何時

からですか？

店員：あ、いらっしゃいませ。10時半か

ら15時までです。夜は17時か

ら22時までです。

客　：明日もですか。

店員：すみません、明日は夜だけです。

客　：そうですか。ありがとうございます。

第六課　旅行

1.（教室で）

学生A：夏休み、どっか行きました？

学生B：広島に行きました。

学生A：へえ、広島？

学生B：ええ、海の上の鳥居を見ました。

ほら。有名な神社がありますよ。

（写真を見せます）

学生A：わぁ、本当ですね。私も行きたい

です。

2.（サークルで）

先輩：木村さん、今度の日曜日、基隆に行

きませんか。

後輩：基隆？　どんなところですか。

先輩：美味しい海鮮料理がたくさんあると

ころです。

後輩：いいですね。じゃ、行きましょう。

3.（日本語学校で）

留学生Ａ：キム先輩、今度の週末コンサートがあるんです。一緒に行きませんか。

留学生Ｂ：コンサートですか。行きたいんですが、週末はちょっと……

留学生Ａ：ああ、そうですか。残念です。

留学生Ｂ：また今度一緒に行きましょう。

4.（交流会で）

Ａ：はじめまして、林です。趣味は旅行です。よろしくお願いします。

Ｂ：こちらこそ、よろしくお願いします。佐藤です。私も旅行が大好きです。

Ａ：じゃあ、台湾はどこか、行きましたか。

Ｂ：はい、九份や、花蓮、それから、南投にも行きました。

Ａ：へえ、いろいろなところへ行きましたね。

第七課　スマホ

1.（朝、教室で）

学生Ａ：あれ？　いいスマホですね。

学生Ｂ：はい、ネットで買いました。

学生Ａ：それ、高いでしょう。

学生Ｂ：いくらだと思いますか。

学生Ａ：うーん、３万元くらい？

学生Ｂ：いいえ、５万元です。

学生Ａ：ああ、やっぱりいいものは高いですね。

2.（映画館の前で）

Ａ：あれ？　陳さんは今日来ないんですか。

Ｂ：いいえ、来ると思いますよ。

Ａ：そうですか。

Ｂ：家は遠いですから、もうちょっと待ちましょう。

3.（運動会の前日、寮で）

学生Ａ：今日も雨ですね。明日の運動会はちょっと心配です。

学生Ｂ：いや、明日は降らないと思いますよ。
　　　　ほら、晴れのマークです。

学生Ａ：あっ、本当ですね。

学生Ｂ：じゃ、明日、頑張りましょう。

4.（食事処で）

Ａ：あれ、刺身、食べないんですか。

Ｂ：ええ、あまり好きじゃありませんから。

Ａ：そうですか。じゃ、何か他の物を注文しますか。

Ｂ：すみません、お願いします。

第八課　お祝い

1.（教室で）

学生Ａ：清水さん、来週の水曜日は鈴木さんの誕生日ですよ。

学生Ｂ：あっ、そうなんですか。

学生Ａ：ええ、６月 20 日。一緒にプレゼントを買いに行きませんか。

学生B：はい、いいですよ。

2.（デパートで）

学生B：何をあげましょうか。

学生A：チョコレートはどうですか。

学生B：いいですね、鈴木さんは生チョコが好きだから。

学生A：じゃ、チョコの売り場へ行きましょう。

3.（教室で）

学生A、学生B：鈴木さん、お誕生日おめでとうございます。どうぞ。

学生C：えっ、ありがとうございます。へえ、これ、何？

学生A：チョコレートです。

学生C：わあ、ありがとう。おいしそう。

4.（廊下で）

学生A：昨日の誕生日パーティー、プレゼントをたくさんもらったでしょうね。

学生C：ええ、友達からもいろいろなプレゼントをもらいました。でも、彼氏は何もくれませんでした。

学生A：えっ、うそ。

第九課　食事

1.（廊下で）

A：きのう、高校の同窓会で、日本料理を食べましたよ。

B：日本料理？　何を食べましたか。

A：えーと、いろいろ食べました。寿司や天ぷら、焼き魚、みそ汁、それから刺身も。どれもとても美味しかったです。

B：わぁー、羨ましい。

2.（大学のキャンパスで）

学生A：藤原さん、先週の連休、どこかへ行きましたか。

学生B：ええ、台東へ行きましたよ。

学生A：台東、いいですね。

学生B：まず、台北から電車で花蓮まで行きました。それから、友達がレンタカーを運転して、台東に行きました。とても楽しかったです。

学生A：そうですか。私はまだ台東へ行ったことがありません。

3.（教室で）

学生A：内田さん、好きな台湾料理は何ですか。

学生B：そうですね。好きなものがたくさんあります。魯肉飯や牛肉麺はよく食べます。

それから、小籠包も好きです。陳さんは、どんな日本料理が好きですか。

学生A：寿司とか、天ぷらとかが好きですよ。じゃあ、内田さんは臭豆腐は大丈夫ですか。

学生B：うーん、それはちょっと、苦手です。

4.（廊下で）

A：台湾ではインフルエンザの季節の時、どんなことをしますか。

B：まあ、日本と同じじゃないですか。皆、マスクをします。そして、家に帰ってからすぐ手を洗います。

A：そうですか。日本も台湾も同じですね。今はその季節ですから……。

B：じゃあ、まず手を洗ってから、食事をしましょう。

第十課　私の友達

1.（本屋で）

学生A：あっ、橋本さんだ。

学生B：本当だ。何をしているのかな？

学生A：雑誌を読んでいるね。

学生B：何の雑誌を読んでいるのかな？

学生A：スポーツの雑誌じゃない？

2.（レストランで）

学生A：あっ、また橋本さんだ。

学生B：本当だ。背が高いからすぐ分かるね。

学生A：パスタを食べているね。美味しそう。

学生B：じゃ、僕もそれにしよう。

3.（教室で）

学生A：いつも、放課後は何をしていますか。

学生B：そうですね、毎日図書館で勉強しています。

学生A：林さん、最近よく勉強していますね。

学生B：仕方がありませんよ。来週テストがありますから。

学生A：えっ！　テスト！　ありました？

4.（教室で）

先生：橋本さん、ちょっとお願い。あれ、届きますか？

学生：はい、大丈夫です。クラスの中で一番背が高いですから。

先生：ありがとう。じゃ、お願いします。

学生：はい、分かりました。

第一課　初めまして

一、請依例句選出下線單字的正確讀音

1. ④ 2. ② 3. ③ 4. ④ 5. ②

二、請依提示完成下列的對話句

（第1、2題無固定答案）

1. 一年生です。
2. 東京から来ました。
3. いいえ、田中先生は台湾人ではありません。日本人です。
4. いいえ、頼先生は日本人ではありません。台湾人です。

三、請依提示看圖回答

1. はい、それは石です。
2. これはお茶です。
3. あれは雑誌です。
4. これがお茶です。

四、中翻日

1. 田中さんは日本から来ました。
2. 頼さんも高雄から来ました。
3. 私は林です。どうぞ、よろしくお願いします。
4. 私は日本人ではありません。私は台湾人です。

五、請依例句在空格處填入適當的助詞

1. も 2. は 3. は、は 4. は

第二課　私の部屋

一、選出標註底線單字的正確讀音

1. ③ 2. ① 3. ④ 4. ② 5. ①

二、從「この、その、あの」中選擇一個最適當的答案以完成句子

1. その 2. この 3. あの

三、請依例句，完成配合題

1. e 2. d 3. f 4. c 5. b

四、重組

1. 田中さんの部屋は広いです。
2. あの椅子はいくらですか。
3. 演歌のＣＤは1000円です。
4. 私の部屋の窓は大きいです。

五、中翻日

1. これは私の机です。
2. 陳さんは私のルームメイトです。
3. 田中先生は私の先生です。
4. 寮の机は大きいです。

第三課　私のうち

二、中翻日

1. 母のマフラーはソファーの上にあります。

2. 私のＣＤもソファーの上にあります。

3. 父は会社にいます。

4. 教室に学生がたくさんいます。

5. 庭に花があります。

三、重組

1. 机の上にアニメグッズがたくさんあります。

2. 父は音楽の先生で母は会社員です。／母は音楽の先生で父は会社員です。

3. これは兄からのプレゼントです。

4. それは姉からのお土産です。

5. ここは教室でそこはトイレです。／そこは教室でここはトイレです。

四、配合題：依照正確讀音填入括號

1. ① d ② c ③ a ④ e ⑤ b

2. ① c ② e ③ b ④ d ⑤ a

五、看圖回答

1. 犬はソファーの前にいます。

2. 時計はベッドの上にあります。

3. おじいさんはソファーの横にいます。

4. はい、弟さんはベッドの上にいます。

5. いいえ、父はベッドの上にいません。

第四課　買い物

一、配合題

1. b 2. e 3. a 4. c 5. d

二、「イ形容詞」還是「ナ形容詞」？

1. ナ形 2. イ形 3. ナ形 4. イ形 5. ナ形

6. ナ形 7. イ形 8. イ形 9. ナ形 10. イ形

11. ナ形

三、請依照例題，在括號內填寫最適合的助詞

1. を 2. が 3. は 4. に 5. の

四、a 還是 b？

1. b 2. a 3. a 4. b 5. a

五、重組

1. コーヒーとサンドイッチをください。

2. 私は新しいスマホが欲しいです。

3. 今日の午後は忙しくないです。

4. このトマトは新鮮ではありません。

5. あそこに素敵なマフラーが３つあります。

六、中翻日

1. 英語は簡単ではありません。難しいです。

2. あのテーブルはきれいではありません。

3. これは簡単なゲームです。父と母もとても好きです。

4. 学校の寮は部屋が９つあります。でも広くないです。

5. すみません、白いスマホが欲しいです。これをください。

第五課　忙しい毎日

一、請依照例題，在括號內填寫最適合的助詞

1. に、へ、に　2. で　3. から、まで　4. に

5. と

二、重組

1. 父は毎日６時に起きます。
2. 時々友達と ＳＮＳ で話します。
3. 授業の後で田中さんと図書館へ行きます。
4. 月曜日から金曜日まで毎日ここへ来ます。
5. 家から学校までバスで２０分くらいです。

三、配合題

1. ①d②e③b④a⑤c

2. ①b②e③a④c⑤d

四、中翻日

1. 私は月曜日から木曜日まで学校でアルバイトをします。
2. 今朝、授業はありません。午後から学校へ行きます。
3. 私は日曜日家族とレストランでご飯を食べます。
4. 私は授業の後で図書館で友達と宿題をします。
5. 私はいつも母と公園を散歩します。

第六課　旅行

一、選出標註底線單字的正確讀音

1. ②　2. ④　3. ③　4. ③

二、重組

1. 友達は北海道へスキーに行きます。
2. 姉はお守りを３つ買いました。
3. 母は友達と３人で旅行に行きました。

三、中翻日

1. 昨日はあまりいい天気ではありませんでした。
2. 夏休みに日本の京都へ遊びに行きたいです。
3. 昨日の花火はとてもきれいでした。
4. 今度日本料理を食べに行きましょう。
5. 次の日、私たちはバスで神社へ行きました。

四、看圖回答

1. 美味しくなかったです。
2. 誰もいません。
3. いいえ、簡単ではありませんでした。

五、請在括號內填寫最適合的助詞

1. が　2. で　3. で　4. に　5. を

六、代換練習

1. お城を見たいです。アイスクリームを食べたいです。ビールを飲みたいです。
2. 昨日は寒くなかったです。料理は美味しくなかったです。朝は忙しくなかったです。

3. 音楽を聞きませんでした。写真を撮りませんでした。食事をしませんでした。

七、配合題：請完成下面的句子

1. c 2. d 3. a 4. b

第七課　スマホ

一、選出標註底線單字的正確讀音

1. ① 2. ③ 3. ④ 4. ③ 5. ②

二、請在括號內填寫最適合的助詞

1. に 2. で 3. に 4. を 5. に

三、重組

1. スマホの中はペットの写真でいっぱいです。
2. スマホはいろいろな機能があります。
3. あの店をアプリで予約しました。

四、請依照例題完成下列句子

1. 明日雪が降ると思います。
2. 駅前の店は美味しいと思います。
3. あの人は日本人だと思います。
4. 鈴木さんはゲームをしないと思います。
5. 長時間の使用は健康によくないと思います。

五、中翻日

1. スマホは便利だと思います。
2. スマホ依存の人はスマホを長時間使います。
3. まず、ここに数字を入れます。
4. アプリは便利だから、みんな使います。
5. 私はバスの中でいつもゲームをします。

第八課　お祝い

一、選出標註底線單字的正確讀音

1. ③ 2. ① 3. ④ 4. ④ 5. ④

二、選擇最適當的選項以完成句子

1. ③ 2. ① 3. ②

三、請依照例題作答

1. この辞書は厚くて大きいです。
2. あのレストランは安くて美味しいです。
3. その湖は深くて広いです。
4. 新鮮で安い魚があります。
5. 丈夫できれいな傘が欲しいです。

四、重組

1. 両親にずっと欲しかったパソコンをもらいました。
2. 彼氏に美味しいチョコをあげました。
3. とても明るくて親切な人です。

五、代換練習

1. 妹が作った人形
2. 台湾の西にある澎湖
3. 新竹へ行く電車
4. マレーシアから来た留学生
5. 友達からもらったプレゼント

六、中翻日

1. これは入学のお祝いに兄がくれたプレゼントです。
2. 彼女にキャラクター T シャツを 3 枚もらいました。
3. 両親にネットで買った日本製の炊飯器をあげたいと思います。

第九課　食事

一、選出標註底線單字的正確讀音

1.① 2.② 3.③ 4.②

二、請完成以下對話（依照自身經驗回答）

1. はい、玉山に登ったことがあります。／
いいえ、玉山に登ったことはありません。

2. はい、日本へ行ったことがあります。／
いいえ、日本へ行ったことはありません。

3. はい、雪を見たことがあります。／いいえ、雪を見たことはありません。

4. はい、臭豆腐を食べたことがあります。／
臭豆腐を食べたことはありません。

三、請在括號內填寫最適合的助詞

1. が 2. が 3. に 4. を

四、請依照例題完成以下句子

1. マスクをして、ＭＲＴに乗ります。
2. 朝起きて、顔を洗います。
3. 歯を磨いて、寝ます。
4. ラーメンを食べて、家へ帰ります。

五、中翻日

1. 時間がなかったから、温泉に入りませんでした。
2. 京都にとても行ってみたいです。
3. 昨日食べた日本料理はどれも美味しかったです。

第十課　私の友達

一、請在括號內填寫最適合的助詞

1. が 2. で、が 3. で 4. は、が 5. に、が

二、請依照例題作答

1. パスタを食べています。
2. 公園で遊んでいます。
3. グラウンドを走っています。
4. 英語を勉強しています。
5. カラオケを歌っています。

三、重組

1. 毎日スマホで小説を読みます。
2. 高橋さんは毎日ベッドで寝ています。
3. お父さんは足が長いです。
4. 山本さんはクラスの中で一番かっこいいです。
5. 趙さんは一人で映画を見ます。

四、中翻日

1. 彼は制服を着ています。
2. 彼女は毎日図書館で勉強しています。
3. 倉本さんはクラスの中で一番背が低いです。
4. 妹は髪が長いです。
5. 毎日図書館で雑誌を読んでいます。
6. 妹はパソコンでゲームをしています。

付録 2
ふろく

1. 指示表現

これ	それ	あれ	どれ
この	その	あの	どの
ここ	そこ	あそこ	どこ
こちら	そちら	あちら	どちら
このような	そのような	あのような	どのような
こんな	そんな	あんな	どんな

2. 体の部位

頭（あたま）
目（め）
耳（みみ）
鼻（はな）
口（くち）
胸（むね）
手（て）
お腹（なか）
足（あし）

3. 親族名称

おじいさん	祖父
おばあさん	祖母
おじさん	伯父
おばさん	叔母
お父さん	父
お母さん	母
お兄さん	兄
お姉さん	姉
弟さん	弟
妹さん	妹
ご主人	夫
奥さん	妻
息子さん	息子
お嬢さん	娘

4. 位置、方向

上	下
前	後ろ
左	右
横	隣
東	西
南	北

5. 時間表現 (じかんひょうげん)

一昨日 (おととい)	昨日 (きのう)	今日 (きょう)	明日 (あした)	明後日 (あさって)
先々週 (せんせんしゅう)	先週 (せんしゅう)	今週 (こんしゅう)	来週 (らいしゅう)	再来週 (さらいしゅう)
先々月 (せんせんげつ)	先月 (せんげつ)	今月 (こんげつ)	来月 (らいげつ)	再来月 (さらいげつ)
一昨年 (おととし)	去年 (きょねん)	今年 (ことし)	来年 (らいねん)	再来年 (さらいねん)

6. 数量詞 (すうりょうし) (1)

頻率	樓層	屋舍	鞋、襪	衣服
～回 (かい)	～階 (かい)	～軒 (けん)	～足 (そく)	～着 (ちゃく)
1回 (いっかい)	1階 (いっかい)	1軒 (いっけん)	1足 (いっそく)	1着 (いっちゃく)
2回 (にかい)	2階 (にかい)	2軒 (にけん)	2足 (にそく)	2着 (にちゃく)
3回 (さんかい)	3階 (さんがい)	3軒 (さんげん)	3足 (さんぞく)	3着 (さんちゃく)
4回 (よんかい)	4階 (よんかい)	4軒 (よんけん)	4足 (よんそく)	4着 (よんちゃく)
5回 (ごかい)	5階 (ごかい)	5軒 (ごけん)	5足 (ごそく)	5着 (ごちゃく)
6回 (ろっかい)	6階 (ろっかい)	6軒 (ろっけん)	6足 (ろくそく)	6着 (ろくちゃく)
7回 (ななかい)	7階 (ななかい)	7軒 (ななけん)	7足 (ななそく)	7着 (ななちゃく)
8回 (はちかい)	8階 (はちかい)	8軒 (はっけん)	8足 (はっそく)	8着 (はっちゃく)
9回 (きゅうかい)	9階 (きゅうかい)	9軒 (きゅうけん)	9足 (きゅうそく)	9着 (きゅうちゃく)
10回 (じっかい)	10階 (じっかい)	10軒 (じっけん)	10足 (じっそく)	10着 (じゅっちゃく)
何回 (なんかい)	何階 (なんがい)	何軒 (なんけん)	何足 (なんぞく)	何着 (なんちゃく)

数量詞 (2)

車、機器	鳥、兔子	球、西瓜等	杯、碗	狗、貓、魚等
～台 （だい）	～羽 （わ）	～個 （こ）	～杯 （はい）	～匹 （ひき）
1台 （いちだい）	1羽 （いちわ）	1個 （いっこ）	1杯 （いっぱい）	1匹 （いっぴき）
2台 （にだい）	2羽 （にわ）	2個 （にこ）	2杯 （にはい）	2匹 （にひき）
3台 （さんだい）	3羽 （さんわ）	3個 （さんこ）	3杯 （さんばい）	3匹 （さんびき）
4台 （よんだい）	4羽 （よんわ）	4個 （よんこ）	4杯 （よんはい）	4匹 （よんひき）
5台 （ごだい）	5羽 （ごわ）	5個 （ごこ）	5杯 （ごはい）	5匹 （ごひき）
6台 （ろくだい）	6羽 （ろくわ）	6個 （ろっこ）	6杯 （ろっぱい）	6匹 （ろっぴき）
7台 （ななだい）	7羽 （ななわ）	7個 （ななこ）	7杯 （ななはい）	7匹 （ななひき）
8台 （はちだい）	8羽 （はちわ）	8個 （はっこ）	8杯 （はっぱい）	8匹 （はっぴき）
9台 （きゅうだい）	9羽 （きゅうわ）	9個 （きゅうこ）	9杯 （きゅうはい）	9匹 （きゅうひき）
10台 （じゅうだい）	10羽 （じゅうわ）	10個 （じゅっこ）	10杯 （じゅっぱい）	10匹 （じゅっぴき）
何台 （なんだい）	何羽 （なんわ）	何個 （なんこ）	何杯 （なんばい）	何匹 （なんびき）

7. 大学の所属（だいがく しょぞく）

英語学科（えいごがっか）	英文系
日本語学科（にほんごがっか）	日文系
ドイツ語学科（ごがっか）	德文系
中国語学科（ちゅうごくごがっか）	中文系
歴史学科（れきしがっか）	歴史系
哲学科（てつがくか）	哲學系
政治学科（せいじがっか）	政治系

付録 2（ふろく）

<ruby>社会学科<rt>しゃかいがっか</rt></ruby>	社會系
<ruby>社会福祉学科<rt>しゃかいふくしがっか</rt></ruby>	社工系
<ruby>音楽学科<rt>おんがくがっか</rt></ruby>	音樂系
<ruby>数学科<rt>すうがくか</rt></ruby>	數學系
<ruby>物理学科<rt>ぶつりがっか</rt></ruby>	物理系
<ruby>化学科<rt>かがくか</rt></ruby>	化學系
<ruby>微生物学科<rt>びせいぶつがっか</rt></ruby>	微生物系
<ruby>心理学科<rt>しんりがっか</rt></ruby>	心理系
<ruby>法律学科<rt>ほうりつがっか</rt></ruby>	法律系
<ruby>経済学科<rt>けいざいがっか</rt></ruby>	經濟系
<ruby>会計学科<rt>かいけいがっか</rt></ruby>	會計系
<ruby>企業管理学科<rt>きぎょうかんりがっか</rt></ruby>	企管系
<ruby>国際貿易学科<rt>こくさいぼうえきがっか</rt></ruby>	國貿系
<ruby>財務管理学科<rt>ざいむかんりがっか</rt></ruby>	財務工程與精算數學系
<ruby>情報管理学科<rt>じょうほうかんりがっか</rt></ruby>	資訊管理系

東吳日文共同教材編輯小組

召集人／作者

羅濟立

現職
東吳大學日本語文學系教授兼任系主任

經歷
東吳大學日本語文學系助理教授、副教授、教授
國立臺灣大學中國文學系兼任副教授、教授

最高學歷
日本九州大學大學院比較社會文化博士

研究領域
漢字音韻學、日語發音教育、日文系學生學習心理研究

代表著作
『多言語社会台湾における日本語と客家語、台湾語との交流に関する実証研究─言語教育との関連において─』尚昂文化事業國際有限公司，2016。
『台湾人学習者のための日本語の発音教育─縮約形と学習ストラテジーを中心に─』尚昂文化事業國際有限公司，2018。
「日文系學生的就業焦慮、就業志向與就業動機」『台灣日語教育學報』第 35 号，140 － 168 頁，2020 年 12 月。

作者群（依姓名筆劃順序）

山本卓司

現職
東吳大學日本語文學系助理教授

經歷
實踐大學應用日文學系助理教授

最高學歷
日本神戶大學大學院國際文化學研究科博士

研究領域
日語教育學

代表著作
「逆接をあらわす「クセニ」―「ノニ」との比較から―」『日本語教育論文集―小出詞子先生退職記念―』日本凡人社，701-712 頁，1996。

田中綾子

現職
東吳大學日本語文學系兼任講師
LTTC 財團法人語言訓練測驗中心日語教師

經歷
日本滋賀縣立大學 CLS-program 特任日語教師
美國在台協會、加拿大駐臺北貿易辦事處日語教師
臺北市私立再興學校日語教師
科見美語日語教務主任
關西外語專門學校日語教師

最高學歷
東吳大學日本語文學系碩士
東吳大學日本語文學系博士班在學中

研究領域
日語教育學、日語外圍知識教育（地理歷史）

代表著作

『圖解日文自動詞・他動詞』寂天文化事業股份有限公司，2017。

『速攻日檢 N3 聽解：考題解析＋模擬試題』寂天文化事業股份有限公司，2020。

「日本地理與歷史科目作為日本語外圍知識教育之調查研究—以臺灣高等教育之日語系為對象—」『東吳外語學報』第 50 号，63-90 頁，2021 年 3 月。

陳冠霖

現職

東吳大學日本語文學系助理教授

經歷

國立臺灣大學文學院語文中心兼任日語教師

國立臺灣師範大學進修推廣學院兼任日語教師

最高學歷

日本大阪大學言語文化研究科博士

研究領域

日語語音學及音位學、日語發音教學、日語教學

代表著作

「台湾人日本語学習者のフィラーの使用とその変化—ストーリーテリング発話を中心に—」『淡江外語論叢』第 35 期，60 － 85 頁，2021 年 6 月。

「OJAD における音声合成技術を用いた日本語音声教育の可能性—文末イントネーションを中心に—」『東吳日語教育學報』第 53 期，145 － 168 頁，2020 年 3 月。

「アクセントの推測発音と自然性評価に見られる台湾人日本語学習者と日本語母語話者の差異」『間谷論集』第 12 号，131 － 150 頁，2018 年 3 月。

陳淑娟

現職

東吳大學日本語文學系教授

經歷

東吳大學日本語文學系講師、副教授、教授

最高學歷

東吳大學日本語文學系文學博士

研究領域

日語教育學、第二語言習得論、日語師資培育

代表著作

『台湾の普通高校における日本語教育研究—フィールドワークを通じて—』致良出版社，
2001 年。

『日語文教材教法』（合著主編）五南圖書出版股份有限公司，2021。

『こんにちは 你好』1-4 冊，瑞蘭國際有限公司。

張政傑

現職

東吳大學日本語文學系專案助理教授

經歷

中央研究院臺灣史研究所博士後研究員

日本國際日本文化研究中心共同研究員

哈佛燕京學社訪問學者

最高學歷

日本名古屋大學大學院文學研究科文學博士（日本文化學）

研究領域

日本近現代文學、日治時期臺灣文學與文化活動、比較文學、臺日學生運動

代表著作

「流動体としてのオキナワ」『社会文学』第 50 号，2019 年 8 月。

「東亞「風雷」如何殘響？—臺灣「保釣文學」與日本「全共鬥文學」的比較研究」『中外
文學』第 48 卷第 2 期，2019 年 6 月。

「桐山襲とその「戦後」—冷戦・身体・記憶」，收入坪井秀人編『運動の時代』（戦後日
本を読みかえる 第 2 卷），161 － 197 頁，2018 年 8 月。

廖育卿

現職

東吳大學日本語文學系兼任助理教授

經歷

東吳大學日本語文學系兼任講師

東吳大學推廣部兼任講師

最高學歷

東吳大學日本語文學系博士

研究領域

日本語教育

代表著作

『台湾の日本語会話教育における自律学習による学習態度と能力の変化について』東吳大學日本語文學系博士論文，2020 年 7 月。

劉怡伶

現職

東吳大學日本語文學系教授

經歷

東吳大學日本語文學系助理教授、副教授、教授
銘傳大學應用日語學系助理教授

最高學歷

日本名古屋大學國際言語文化研究科博士

研究領域

日本語學、語料庫語言學、日本語教育學

代表著作

『現代日本語の副詞的成分：形容詞連用形と動詞「て」形を中心に』致良出版社，2018。
『現代日本語における動詞テ形を含む複合助詞の研究─時空間概念を表す複合助詞を中心に』致良出版社，2010。
「視点を表す複合表現：「カラスルト」「カラカンガエルト」「カラミルト」を中心に」『日本語文法』20-2，141 － 158 頁，2020 年 9 月。

國家圖書館出版品預行編目資料

實力日本語 I / 東吳日文共同教材編輯小組編著
-- 初版 -- 臺北市：瑞蘭國際, 2021.09
224面；19 x 26公分 --（日語學習系列；61）
ISBN：978-986-5560-36-2（平裝）
1.日語 2.讀本

803.18　　　　　　　　　　　　　110014513

日語學習系列 61

實力日本語 I

編著｜東吳日文共同教材編輯小組
召集人｜羅濟立
合著｜山本卓司、田中綾子、陳冠霖、陳淑娟、張政傑、廖育卿、劉怡伶、羅濟立（依姓名筆劃順序）
日文錄音｜山本卓司、田中綾子、城戶秀則、彥坂春乃（依姓名筆劃順序）
協編｜謝寶慢

責任編輯｜葉仲芸、王愿琦
校對｜山本卓司、田中綾子、陳冠霖、陳淑娟、張政傑、廖育卿、劉怡伶、羅濟立、葉仲芸、王愿琦

封面設計、版型設計｜劉麗雪
內文排版｜陳如琪
美術插畫｜614

瑞蘭國際出版

董事長｜張暖彗 · 社長兼總編輯｜王愿琦
編輯部
副總編輯｜葉仲芸 · 副主編｜潘治婷 · 副主編｜鄧元婷
設計部主任｜陳如琪
業務部
副理｜楊米琪 · 組長｜林湲洵 · 組長｜張毓庭

出版社｜瑞蘭國際有限公司 · 地址｜台北市大安區安和路一段 104 號 7 樓之一
電話｜(02)2700-4625 · 傳真｜(02)2700-4622 · 訂購專線｜(02)2700-4625
劃撥帳號｜19914152 瑞蘭國際有限公司
瑞蘭國際網路書城｜www.genki-japan.com.tw

法律顧問｜海灣國際法律事務所　呂錦峯律師

總經銷｜聯合發行股份有限公司 · 電話｜(02)2917-8022、2917-8042
傳真｜(02)2915-6275、2915-7212 · 印刷｜科億印刷股份有限公司
出版日期｜2021 年 09 月初版 1 刷 · 定價｜450 元 · ISBN｜978-986-5560-36-2